2

Découvertes

Übungsblock

Série jaune
Série bleue

von
Juliane Seeringer

W0278434

Klett Lerntraining

Salut!

Toll, dass du deine Französischkenntnisse vertiefen möchtest. Mit diesem Rätselblock wird es dir bestimmt viel Spaß machen.
Ich wünsche dir viel Erfolg beim Lösen der Rätsel!

Grosses bises

Moustique

Bibliografische Information der Deutschen Nationalbibliothek
Die Deutsche Nationalbibliothek verzeichnet diese Publikation in der Deutschen Nationalbibliografie; detaillierte bibliografische Daten sind im Internet über http://dnb.dnb.de abrufbar.

Das Werk und seine Teile sind urheberrechtlich geschützt. Jede Nutzung in anderen als den gesetzlich zugelassenen Fällen bedarf der vorherigen schriftlichen Einwilligung des Verlages. Hinweis § 60a UrhG: Weder das Werk noch seine Teile dürfen ohne eine solche Einwilligung eingescannt und in ein Netzwerk eingestellt werden. Dies gilt auch für Intranets von Schulen und sonstigen Bildungseinrichtungen. Fotomechanische oder andere Wiedergabeverfahren nur mit Genehmigung des Verlages.

1. Auflage 2022

© PONS GmbH, Stöckachstraße 11, 70190 Stuttgart 2022. Alle Rechte vorbehalten.
www.klett-lerntraining.de; kundenservice@klett-lerntraining.de

Autorin: Juliane Seeringer, Hannover
Illustrationen: Leitfiguren: Francois Davot, Troyes; sowie: Andreas Florian, Lübeck: S. 151, 167; Helga Merkle, Albershausen: S. 71; Sven Palmowski, Barcelona: S. 71, 145; Katja Rau, Berglen: S. 33, 37, 59, 117, 185, 189
Bildquellen: AdobeStock, Dublin: 33.4 Galina Barskaya; Fotolia, New York: 15.3 vvoe; 29 scaliger; 35.1 Vera Kuttelvaserova; 35.2 Edler von Rabenstein; 37.1 Yuri Arcurs; 37.2 Katja; 71.2 VRD; 71.8 yukipon00; 85.3 valeriy555; 85.6 Maurice Metzger; 85.10 yurakp; 85.12 jerome signoret; 91.5 Markus Mainka; 91.6 ExQuisine; 91.8 womue; 105 Stocksnapper; 107 contrastwerkstatt; 133.2 Anton Gvozdikov; 133.4 Netzer Johannes; 147.1 Klaus Eppele; 147.2 Henry Schmitt; 147.3 artefacti; 171.4 lilufoto; 171.5 Avantgarde; 185.2 Mercedes Fittipaldi; 187 unpict; Getty Images, München: 71.3 OxanaD; 83 Jupiterimages; 85.9 Tim UR; 135.2 Sharan Singh; 159 Dallas and John Heaton; iStockphoto, Calgary, Alberta: 71.7 Ridofranz; Klett-Archiv, Stuttgart: U1 Thomas Weccard; 15.1, 15.2, 111 Prisca Martaguet; 15.4 France Télévisions 2013; 69 Bétotè, Bill Akwa, Bagnolet; 127 MARCO POLO, Paris, F. Bouillot/Naudin; Shutterstock, New York: 19 Rawpixel.com; 33.1 Minerva Studio; 33.5 LightField Studios; 33.6 Denis Rozhnovsky; 35.4 Syda Productions; 35.5 DVARG; 37.4 Adam Vilimek; 37.6 Diana Taliun; 71.4 Serg64; 71.5 oneinchpunch; 85.11, 91.1.1 Anna Kucherova; 85.1 Jacek Fulawka; 85.4 M. Unal Ozmen; 85.5 Bekshon; 85.7 Tim UR; 85.8 vipman; 89 Africa Studio; 91.2 O.Bellini; 91.3 Aleksey Patsyuk; 91.4 Studioimagen73; 91.7 MaraZe; 97 Dariia Belkina; 133.1 Marina VN; 133.3 Christian Mueller; 135.1 almgren; 147.4 Roman Samborskyi; 147.6 Be Good; 155 antonnot; 171.1 Inna Astakhova; 171.3 Jane McLoughlin; 171.6 Xiaojiao Wang; Thinkstock, München: 15.5 Anderssen Ross; 33.2 Evgenia Pogodina; 35.3 nensuria; 37.3 SIphotography; 85.2 Pavlo_K; 109 Mike Watson Images; 171.2 swilmor; 185.1 XXLPhoto; 185.3 istock; VISUM Foto GmbH, München: U4 Andia
Satz: tebitron gmbh, Gerlingen
Druck: AZ Druck und Datentechnik GmbH, Kempten

Printed in Germany
ISBN 978-3-12-926151-4

1 Das Verb *savoir*

*Alle Formen von **savoir** haben sich hier versteckt. Findest du sie?*

R	A	M	R	Z	S	E	C
D	T	W	U	S	A	I	S
S	A	I	T	Y	T	U	I
A	X	S	G	E	S	E	D
I	Z	S	A	V	O	N	S
S	A	V	E	N	T	N	O
T	Q	O	M	X	E	S	J
S	A	V	E	Z	S	E	C

je ____________

tu ____________

il/elle/on ______________

nous _______________

vous ______________

ils/elles _______________

2 Die Formen von *connaître*

*Kannst du **connaître** konjugieren?*

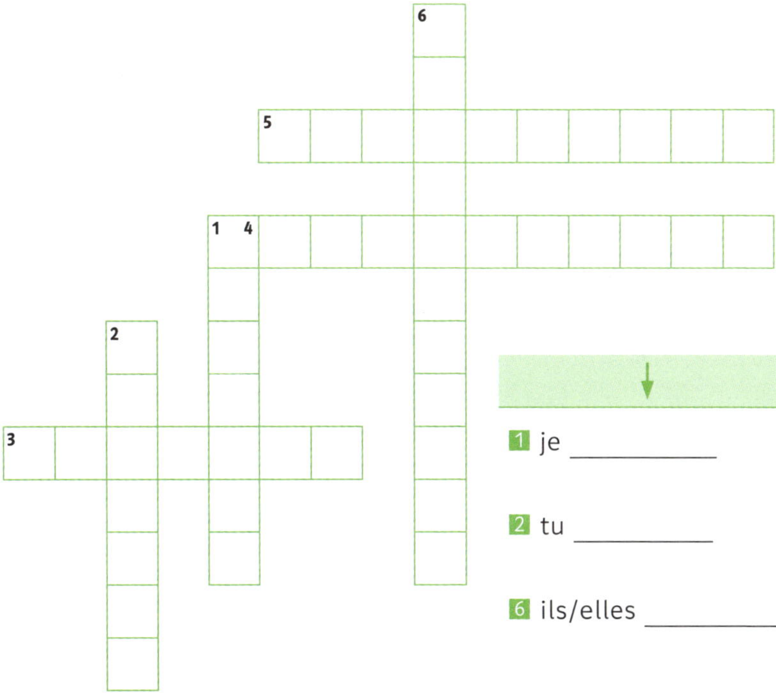

↓	→
1 je ____________	3 il/elle/on _______
2 tu ___________	4 nous ___________
6 ils/elles ___________	5 vous ___________

1

1 Das Verb *savoir*

*Alle Formen von **savoir** haben sich hier versteckt. Findest du sie?*

R	A	M	R	Z	S	E	C
D	T	W	U	S	A	I	S
S	A	I	T	Y	T	U	I
A	X	S	G	E	S	E	D
I	Z	S	A	V	O	N	S
S	A	V	E	N	T	N	O
T	Q	O	M	X	E	S	J
S	A	V	E	Z	S	E	C

je sais

tu sais

il/elle/on sait

nous savons

vous savez

ils/elles savent

2 Die Formen von *connaître*

*Kannst du **connaître** konjugieren?*

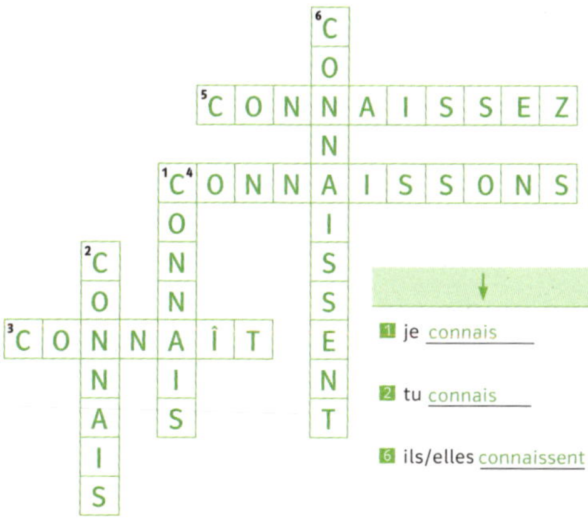

↓	→
1 je connais	3 il/elle/on connaît
2 tu connais	4 nous connaissons
6 ils/elles connaissent	5 vous connaissez

Die Verben *savoir* und *connaître*

© PONS GmbH 2022 – Découvertes 2 S jaune/bleue – Übungsblock

3 *Savoir* oder *connaître*?

Welches Verb passt? Das Lösungswort bildest du aus den Buchstaben vor dem richtigen Verb.

Il ________ bien chanter.
- f sait
- g connaît

Est-ce que tu ________ déjà Mme Ducharme?
- o connais
- e sais

Mehdi ________ où est la salle 25.
- r sait
- s connaît

Tu ________, ce n'est pas drôle.
- i connais
- m sais

Tout le monde ________ Moustique.
- e connaît
- n sait

Moustique est en ☐ ☐ ☐ ☐ ☐ !

1

3 *Savoir* oder *connaître*?

Welches Verb passt? Das Lösungswort bildest du aus den Buchstaben vor dem richtigen Verb.

Il sait bien chanter.
- (f) sait
- g connaît

Est-ce que tu connais déjà Mme Ducharme?
- (o) connais
- e sais

Mehdi sait où est la salle 25.
- (r) sait
- s connaît

Tu sais, ce n'est pas drôle.
- i connais
- (m) sais

Tout le monde connaît Moustique.
- (e) connaît
- n sait

Moustique est en f o r m e !

Die Verben *savoir* und *connaître*

! Im Französischen bedeutet ***savoir faire qc*** „etwas tun können" im Sinne von „wissen, wie etwas geht" und ***connaître*** bedeutet „kennen".

© PONS GmbH 2022 – Découvertes 3 S jaune / bleue – Übungsblock

4 *Quel, quelle, quels oder quelles?*

Was sagt Moustique? Wähle die passende Form des Fragebegleiters aus und schreibe den entsprechenden Buchstaben zur Ziffer in der Sprechblase.

	Quel	Quelle	Quels	Quelles	
1	t	r	t	i	acteur?
2	i	e	a	d	nom?
3	t	u	l	m	couleurs?
4	e	i	s	e	classe?
5	c	u	d	u	cinémas?
6	a	g	r	e	casquettes?

5 Rechenkette

Wähle den richtigen Demonstrativbegleiter, schreibe die Zahl auf und rechne am Schluss alle Zahlen zusammen. Wie lautet das Ergebnis?

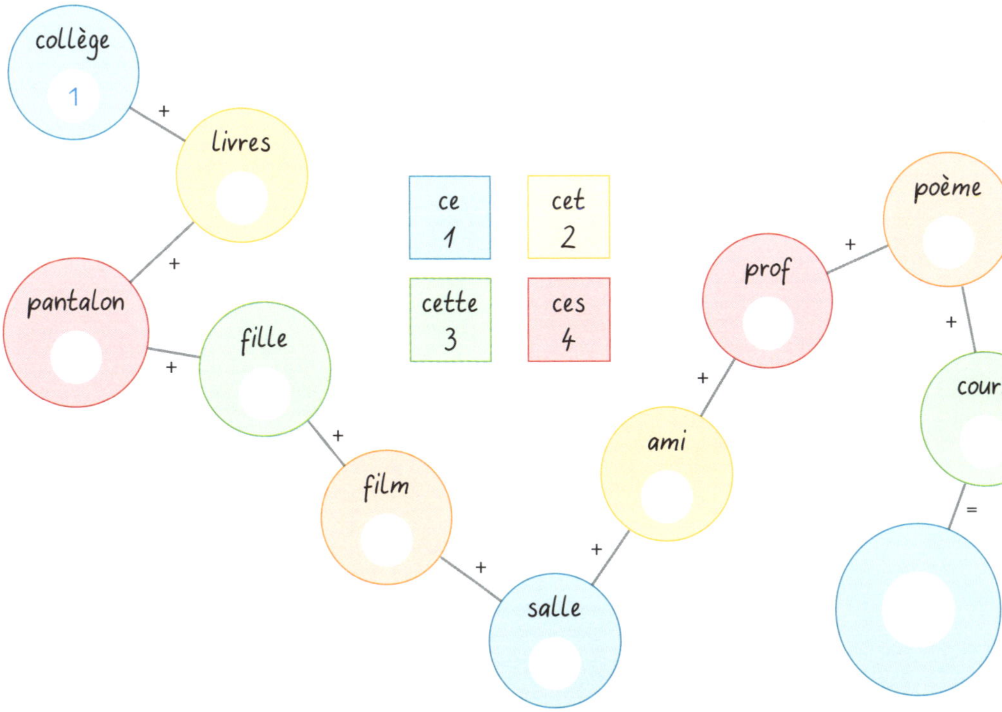

1

4 *Quel, quelle, quels oder quelles?*

Was sagt Moustique? Wähle die passende Form des Fragebegleiters aus und schreibe den entsprechenden Buchstaben zur Ziffer in der Sprechblase.

	Quel	Quelle	Quels	Quelles	
1	t	r	t	i	acteur?
2	i	e	a	d	nom?
3	t	u	l	m	couleurs?
4	e	i	s	e	classe?
5	c	u	d	u	cinémas?
6	a	g	r	e	casquettes?

5 Rechenkette

Wähle den richtigen Demonstrativbegleiter, schreibe die Zahl auf und rechne am Schluss alle Zahlen zusammen. Wie lautet das Ergebnis?

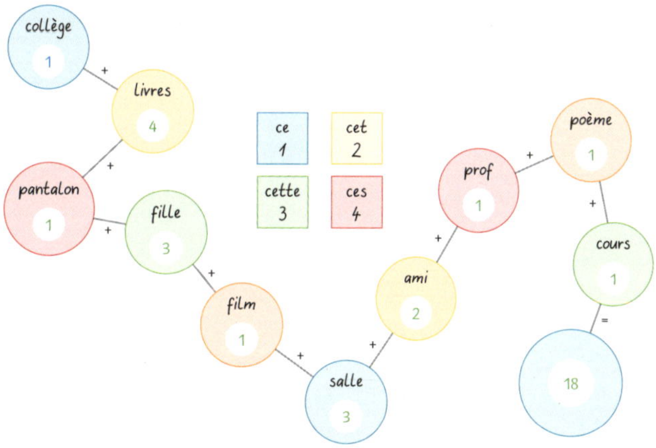

Der Fragebegleiter *quel*
Der Demonstrativbegleiter *ce*

! Bei dem **Demonstrativbegleiter *ce*** gibt es im Singular neben ***ce*** und ***cette*** die Form ***cet***. Sie steht vor einem maskulinen Nomen im Singular, das mit einem Vokal oder stummen h beginnt: ***cet** ordinateur*.

6 *Qui, que oder où?*

Welches Relativpronomen passt? Das Lösungswort bildest du aus den Buchstaben vor den richtigen Pronomen.

C'est le garçon ________ fait toujours des blagues.
- a qui
- f que
- r où

C'est un exercice ________ je ne comprends pas.
- e qui
- c que
- u où

Marie va au CDI ________ elle rencontre Mehdi.
- i qui
- d que
- t où

Julien est le nouveau ________ les autres ne connaissent pas encore.
- s qui
- e que
- n où

Tu sais ________ est la salle 18?
- o qui
- g que
- u où

Léo et Mehdi racontent des blagues ________ sont très drôles.
- r qui
- t que
- n où

Moustique est un ☐☐☐☐☐☐ .

1

6 *Qui, que oder où?*

Welches Relativpronomen passt? Das Lösungswort bildest du aus den Buchstaben vor den richtigen Pronomen.

C'est le garçon qui ____ fait toujours des blagues. — (a) qui ✓ / f que / r où

C'est un exercice que ____ je ne comprends pas. — e qui / (c) que ✓ / u où

Marie va au CDI où ____ elle rencontre Mehdi. — i qui / d que / (t) où ✓

Julien est le nouveau que ____ les autres ne connaissent pas encore. — s qui / (e) que ✓ / n où

Tu sais où ____ est la salle 18? — o qui / g que / (u) où ✓

Léo et Mehdi racontent des blagues qui ____ sont très drôles. — (r) qui ✓ / t que / n où

Moustique est un a c t e u r.

Die Relativpronomen *qui, que, où*

! Das **Relativpronomen *qui*** ist Subjekt des Relativsatzes (Wer oder Was?), ***que*** ist direktes Objekt des Relativsatzes (Wen oder Was?) und ***où*** bezieht sich immer auf Ortsbestimmungen (Wo oder Wohin?).

© PONS GmbH 2022 – Découvertes 2 S. jaune / bleue – Übungsblock

7 Wörter im Wabenrätsel

Finde die gesuchten Wörter.

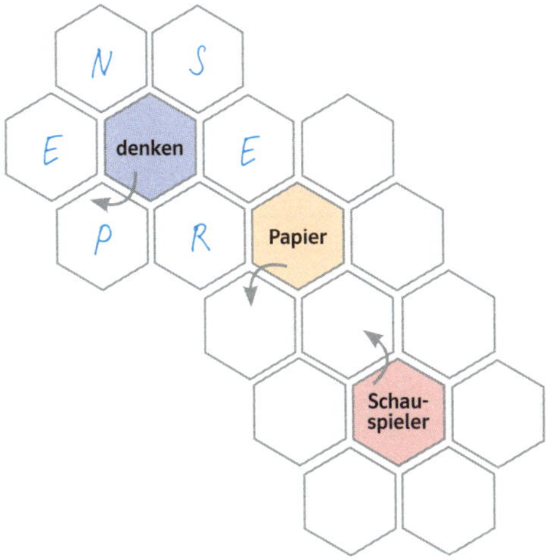

penser ______________________

____

____

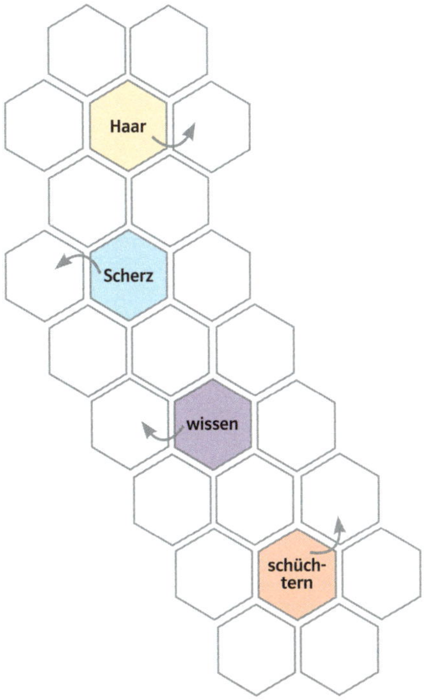

____

____

____

____

1

7 Wörter im Wabenrätsel

Finde die gesuchten Wörter.

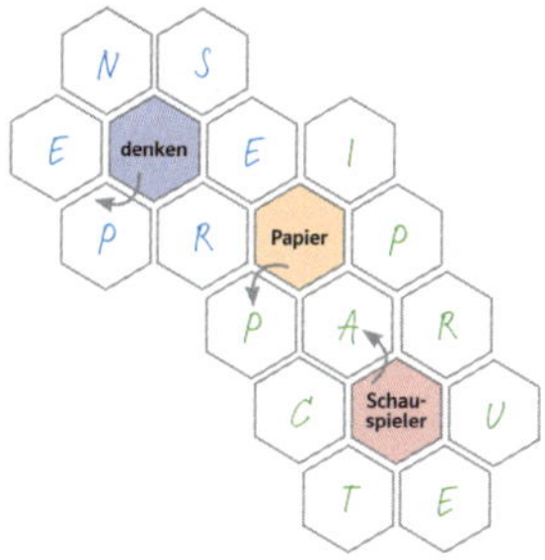

penser

papier

acteur

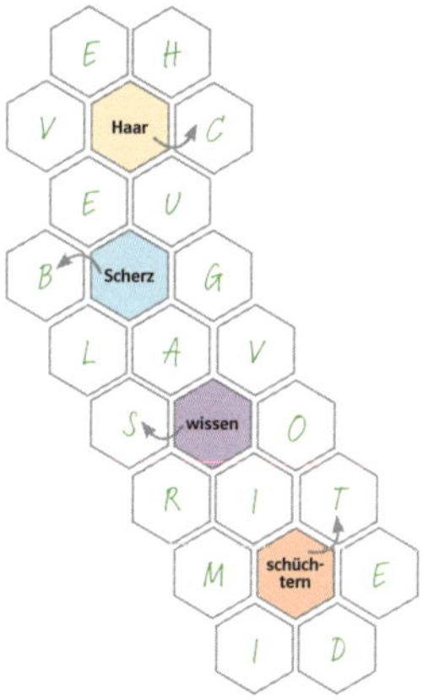

cheveu

blague

savoir

timide

Wortschatz

© PONS GmbH 2022 – Découvertes 2 S. jaune / bleue – Übungsblock

8 Das ist jemand, der …

Schreibe die gesuchten Wörter auf.

C'est quelqu'un qui va à l'école. — un _ _ _ v _

C'est quelque chose qu'on regarde au cinéma. — un _ _ l _

C'est quelqu'un qui donne des cours à des élèves. — un _ _ _ _ _ s _ _ _ _

C'est quelqu'un qui joue dans un film. — un _ _ _ _ _ r

C'est quelque chose qu'on trouve dans une maison de la presse. — une _ _

9 Finde den Eindringling!

Welches Wort passt nicht in die Reihe?

jaune — blond — noir — roux

timide — bête — continuer — drôle

la rentrée — la quatrième — la blague — en cours

être en forme — aller bien — avoir l'air content — énerver

un acteur — une star — le cinéma — le cours

1

8 Das ist jemand, der …

Schreibe die gesuchten Wörter auf.

C'est quelqu'un qui va à l'école. — un é l è v e

C'est quelque chose qu'on regarde au cinéma. — un f i l m

C'est quelqu'un qui donne des cours à des élèves. — un p r o f e s s e u r

C'est quelqu'un qui joue dans un film. — un a c t e u r

C'est quelque chose qu'on trouve dans une maison de la presse. — une B D

9 Finde den Eindringling!

Welches Wort passt nicht in die Reihe?

- ~~jaune~~ – blond – noir – roux
- timide – bête – ~~continuer~~ – drôle
- la rentrée – la quatrième – ~~la blague~~ – en cours
- être en forme – aller bien – avoir l'air content – ~~énerver~~
- un acteur – une star – le cinéma – ~~le cours~~

Wortschatz

© PONS GmbH 2023 – Découvertes 2 S jaune / bleue – Übungsblock

10 Wörtersalat

Welche Wörter fehlen? Bringe die Buchstaben im Gitter in die richtige Reihenfolge.

p	r	e
t	r	n
e	é	s

Alex veut ______________ Julien à Léo.

b	t
ê	e

Mehdi est en 5e B. C'est trop

________________ ! Léo est triste.

t	b	e
o		u
e	t	l

Une ________________ de papier tombe sur la tête de Moustique.

c	u	i
o	t	e
r	n	n

Sylvie va ______________ ses devoirs de maths.

t	e	v
e	d	t
e	n	i

Léonie fait une ________________ .

1

10 Wörtersalat

Welche Wörter fehlen? Bringe die Buchstaben im Gitter in die richtige Reihenfolge.

p	r	e
t	r	n
e	é	s

Alex veut présenter Julien à Léo.

b	t
ê	e

Mehdi est en 5ᵉ B. C'est trop bête ! Léo est triste.

t	b	e
o		u
e	t	l

Une boulette de papier tombe sur la tête de Moustique.

c	u	i
o	t	e
r	n	n

Sylvie va continuer ses devoirs de maths.

t	e	v
e	d	t
e	n	i

Léonie fait une devinette .

Wortschatz

11 Rätselhaft

Trage alle fehlenden Ordnungszahlen so ein, dass du sie in der richtigen Reihenfolge miteinander verbinden kannst. Beginne bei 1. und ende bei 16. Du darfst die Ordnungszahlen waagrecht, senkrecht und diagonal verbinden.

seizième ←			douzième
premier →	deuxième ↘		
huitième	dixième		quatrième

12 Frage und Antwort

Welche Frage gehört zu welcher Antwort?

- Tu es dans quelle classe?
- Pourquoi est-ce que tu es en colère?
- Tu peux répéter*, s'il te plaît?
- Tu connais ce garçon?
- Aujourd'hui, tu as l'air content. J'ai raison?

- Oui, bien sûr.
- Je suis en cinquième.
- Non, je ne connais pas ce garçon.
- Oui, j'ai un bon résultat en maths.
- Parce qu'on n'est plus ensemble.

*wiederholen

1

11 Rätselhaft

Trage alle fehlenden Ordnungszahlen so ein, dass du sie in der richtigen Reihenfolge miteinander verbinden kannst. Beginne bei 1. und ende bei 16. Du darfst die Ordnungszahlen waagrecht, senkrecht und diagonal verbinden.

seizième	quinzième	quatorzième	douzième
prémier	deuxième	onzième	treizième
huitième	dixième	troisième	quatrième
neuvième	septième	sixième	cinquième

12 Frage und Antwort

Welche Frage gehört zu welcher Antwort?

Tu es dans quelle classe?	Je suis en cinquième.
Pourquoi est-ce que tu es en colère?	Parce qu'on n'est plus ensemble.
Tu peux répéter*, s'il te plaît?	Oui, bien sûr.
Tu connais ce garçon?	Non, je ne connais pas ce garçon.
Aujourd'hui, tu as l'air content. J'ai raison?	Oui, j'ai un bon résultat en maths.

*wiederholen

Ordnungszahlen
Wortschatz

© PONS GmbH 2022 – Découvertes 2 S jaune / bleue – Übungsblock

13 Wer bin ich?

Welche Beschreibung gehört zu welcher Person?

Je porte un t-shirt vert et un pantalon blanc. Je suis ____________________ .

Je porte une robe jaune. Je suis ____________________ .

Je porte un pull noir et un jean bleu. Je suis ____________________ .

Je porte un pull rouge et un pantalon blanc. Je suis ____________________ .

Je porte une chemise bleue et un pantalon blanc. Je suis ____________________ .

1

13 Wer bin ich?

Welche Beschreibung gehört zu welcher Person?

Je porte un t-shirt vert et un pantalon blanc. — Je suis Sophie.

Je porte une robe jaune. — Je suis Charlotte.

Je porte un pull noir et un jean bleu. — Je suis Gilles.

Je porte un pull rouge et un pantalon blanc. — Je suis Anne.

Je porte une chemise bleue et un pantalon blanc. — Je suis Jean.

Wortschatz: Personenbeschreibung

© PONS GmbH 2022 – Découvertes 2 S jaune/bleue – Übungsblock

14 Was gehört zu welchem Verb?

Verbinde das Verb mit der passenden Ergänzung.

aller	cours
avoir	en forme
être	la boulette de papier à la poubelle
décrire	à une autre personne
comprendre	une personne
ressembler	un exercice
mettre	bien

15 Sieben kleine Wörter

Finde die kleinen Wörter, die sich hier versteckt haben.

S	D'	A	B	O	R	D	Q	I
À	C	Ô	T	É	D	E	U	S
E	E	T	O	S	A	N	A	O
S	C	H	U	R	O	E	N	N
T	R	L	T	U	Ù	R	D	S
V	L	À-	B	A	S	A	Z	A
T	O	U	T	À	C	O	U	P

zuerst ____________

wo ____________

alles ____________

plötzlich ____________

dort ____________

wenn, als ____________

neben ____________

1

14 Was gehört zu welchem Verb?

Verbinde das Verb mit der passenden Ergänzung.

- aller – bien
- avoir – cours
- être – en forme
- décrire – une personne
- comprendre – un exercice
- ressembler – à une autre personne
- mettre – la boulette de papier à la poubelle

15 Sieben kleine Wörter

Finde die kleinen Wörter, die sich hier versteckt haben.

S	D'	A	B	O	R	D	Q	I
À	C	Ô	T	É	D	E	U	S
E	E	T	O	S	A	N	A	O
S	C	H	U	R	O	E	N	N
T	R	L	T	U	Ù	R	D	S
V	L	À-	B	A	S	A	Z	A
T	O	U	T	À	C	O	U	P

zuerst d'abord

wo où

alles tout

plötzlich tout à coup

dort là-bas

wenn, als quand

neben à côté de

Wortschatz

16 Versteckte Verben

Welche Verben haben sich hier versteckt? Findest du sie? Suche immer den Infinitiv.

P	E	N	T	E	N	D	R	E	R
E	E	T	G	H	I	L	T	A	P
D	I	R	É	P	O	N	D	R	E
F	R	A	D	E	R	S	U	E	S
S	A	U	T	R	E	T	X	I	A
U	Z	A	T	T	E	N	D	R	E

____

____

____

____

17 Das Verb *descendre*

Trage die gesuchte Form bei der richtigen Zahl ein.

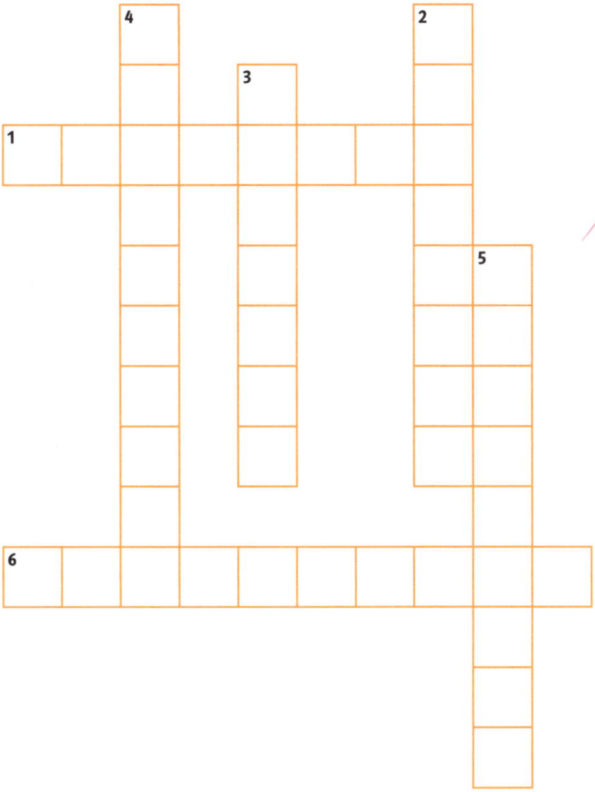

→

1 je ______________________

6 ils ______________________

↓

2 tu ______________________

3 il/elle/on ______________

4 nous ___________________

5 vous ___________________

2

16 Versteckte Verben

Welche Verben haben sich hier versteckt? Findest du sie? Suche immer den Infinitiv.

P	E	N	T	E	N	D	R	E	R
E	E	T	G	H	I	L	T	A	P
D	I	R	É	P	O	N	D	R	E
F	R	A	D	E	R	S	U	E	S
S	A	U	T	R	E	T	X	I	A
U	Z	A	T	T	E	N	D	R	E

entendre

perdre

répondre

attendre

17 Das Verb *descendre*

Trage die gesuchte Form bei der richtigen Zahl ein.

		4 D					2 D		
		E		3 D			E		
1 D	E	S	C	E	N	D	S		
		C		S			C		
		E		C			E	5 D	
		N		E			N	E	
		D		N			D	S	
		O		D			S	C	
		N						E	
6 D	E	S	C	E	N	D	E	N	T
								D	
								E	
								Z	

→

1 je descends

6 ils descendent

↓

2 tu descends

3 il/elle/on descend

4 nous descendons

5 vous descendez

Die Verben auf *-dre*
Das Verb *descendre*

© PONS GmbH 2022 · Découvertes 2 S jaune/bleue · Übungsblock

18 Perfekt versteckt

Ganz schön viele Partizipien sind hier versteckt. Suche sie und schreibe sie hinter die richtigen Infinitive.

É	U	S	A	V	R	R	T	I	B	F
C	L	I	C	N	T	V	O	C	U	A
R	O	C	O	M	P	R	I	S	F	I
I	U	I	N	A	N	I	S	N	A	T
T	F	E	N	N	O	M	É	R	L	W
R	W	O	U	V	E	R	T	O	U	P
B	x	T	P	U	L	V	É	U	V	R
M	I	S	A	U	P	E	T	S	R	I
L	P	U	I	P	L	U	R	U	T	S

être – ______________

avoir – ______________

savoir – ______________

voir – ______________

pleuvoir – ______________

lire – ______________

connaître – ______________

écrire – ______________

faire – ______________

mettre – ______________

prendre – ______________

comprendre – ______________

ouvrir – ______________

2

18 Perfekt versteckt

Ganz schön viele Partizipien sind hier versteckt. Suche sie und schreibe sie hinter die richtigen Infinitive.

É	U	S	A	V	R	R	T	I	B	F
C	L	I	C	N	T	V	O	C	U	A
R	O	C	O	M	P	R	I	S	F	I
I	U	I	N	A	N	I	S	N	A	T
T	F	E	N	N	O	M	É	R	L	W
R	W	O	U	V	E	R	T	O	U	P
B	X	T	P	U	L	V	É	U	V	R
M	I	S	A	U	P	E	T	S	R	I
L	P	U	I	P	L	U	R	U	T	S

être – été

avoir – eu

savoir – su

voir – vu

pleuvoir – plu

lire – lu

connaître – connu

écrire – écrit

faire – fait

mettre – mis

prendre – pris

comprendre – compris

ouvrir – ouvert

Das *Participe passé* unregelmäßiger Verben

! Es gibt eine Reihe **unregelmäßiger Verben**, die das ***Passé composé*** mit ***avoir*** bilden. Diese *Participe passé*-Formen musst du einfach auswendig lernen, da man sie nicht ableiten kann.

19 Das Verb *voir*

*Finde die Formen von **voir**.*

V	S	I	O	V
O	Y	E	E	N
I	O	Z	I	T
S	V	V	O	
V	S	N	O	Y
O	I	T	V	O

je ______________

tu ______________

il/elle/on ______________

nous ______________

vous ______________

ils/elles ______________

20 Finde den Eindringling!

Welches Wort passt nicht in die Reihe?

une souris | un couloir | un souterrain | un escalier

une visite | un guide | un groupe | un moment

un crayon | le papier | la pierre | le dessin

chatter | expliquer | la chance | une discussion

rappeler | appeler | répondre | voir

2

19 Das Verb *voir*

Finde die Formen von voir.

V	S	I	O	V
O	V	E	E	N
I	O	Z	I	T
S	V	V	O	
V	S	N	O	Y
O	I	T	V	O

je vois

tu vois

il/elle/on voit

nous voyons

vous voyez

ils/elles voient

20 Finde den Eindringling!

Welches Wort passt nicht in die Reihe?

une ~~souris~~ – un couloir – un souterrain – un escalier

une visite – un guide – un groupe – un ~~moment~~

un crayon – le papier – la ~~pierre~~ – le dessin

chatter – expliquer – la ~~chance~~ – une discussion

rappeler – appeler – répondre – ~~voir~~

Das Verb *voir*
Wortschatz

21 Paris mystérieux!

Trage die gesuchten Wörter bei der richtigen Zahl ein.

↓	→
2 Tod	1 Katakomben
3 unterirdischer Gang	4 dunkel
7 Angst	5 vergessen (Partizip)
8 geheimnisvoll	6 Totenkopf
	9 Gang
	10 Gittertür

2

21 Paris mystérieux!

Trage die gesuchten Wörter bei der richtigen Zahl ein.

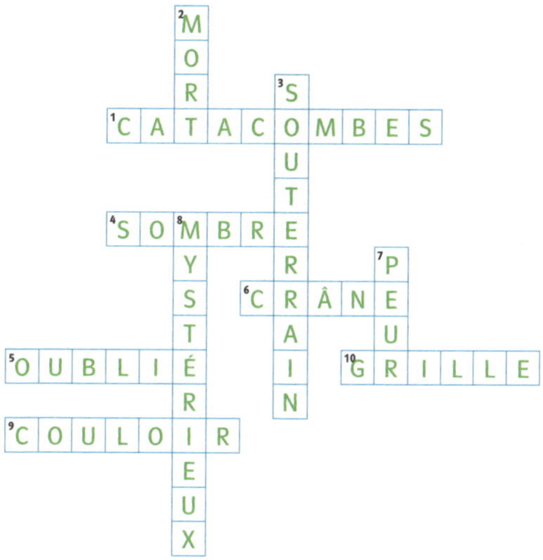

↓	→
2 Tod	1 Katakomben
3 unterirdischer Gang	4 dunkel
7 Angst	5 vergessen (Partizip)
8 geheimnisvoll	6 Totenkopf
	9 Gang
	10 Gittertür

Wortschatz

22 Silbensalat

Hilfe! Moustique hat die Verben durcheinandergewirbelt. Kannst du die Silben wieder in die richtige Reihenfolge bringen?

fer | pe | vrir | per | pen

ler | ex | ser | ou

ter | mer | pli | quer

pe | rap | ler | ap | dre | chat

fermer ____________________ ____________________

____________________ ____________________

____________________ ____________________

____________________ ____________________

2

22 Silbensalat

Hilfe! Moustique hat die Verben durcheinandergewirbelt. Kannst du die Silben wieder in die richtige Reihenfolge bringen?

fermer	rappeler
expliquer	perdre
chatter	appeler
ouvrir	penser

23 In den Katakomben

Was gehört zusammen? Verbinde.

- avoir
- descendre
- fermer
- voir
- entendre
- être

- des milliers de crânes
- presque à la sortie
- peur dans les catacombes
- un escalier
- une grille
- un bruit mystérieux

24 Adjektive auf *-eux*

Welche Adjektive sind gemeint?

h _ _ _ _ _ _

m _ _ _ _ _ _ _ _ _

d _ _ _ _ _ _ _ _

c _ _ _ _ _ _ _ _

m _ _ _ _ _ _ _ _ _

c _ _ _ _ _ _

2

23 In den Katakomben

Was gehört zusammen? Verbinde.

- avoir – peur dans les catacombes
- descendre – un escalier
- fermer – une grille
- voir – des milliers de crânes
- entendre – un bruit mystérieux
- être – presque à la sortie

24 Adjektive auf *-eux*

Welche Adjektive sind gemeint?

h e u r e u x

m a l h e u r e u x

d a n g e r e u x

c o u r a g e u x

m y s t é r i e u x

c u r i e u x

Wortschatz
Adjektive

! Die **Adjektive** auf ***-eux*** haben in der männlichen Form im Singular und Plural die gleiche Endung. Merke dir:

	Sg.	*Pl.*
m.	dangereux	dangereux
f.	dangereuse	dangereuses

25 Welches Wort wird gesucht?

Lies die Sätze durch. Suche die passenden Fotos zu den jeweiligen Sätzen und ergänze dann die fehlenden Wörter.

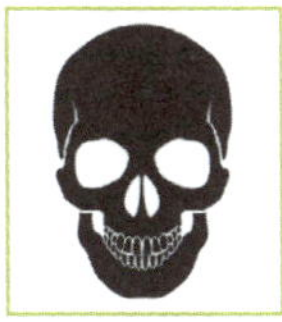

La _ _ _ _ _ _ est petite et grise.

Léonie regarde un vieux _ _ _ _ _ _ _ _ _ .

On a trouvé un _ _ _ _ _ dans les catacombes.

Sophie descend l'_ _ _ _ _ _ _ _ .

Cette femme a six _ _ _ _ .

26 Was liebt Moustique?

Mit dem Buchstaben vor der richtigen Form findest du das Lösungswort.

v	j'appelle	d	j'appele
e	tu appeles	o	tu appelles
y	il/elle/on appelle	s	il/elle/on appele
s	nous appellons	a	nous appelons
g	vous appelez	i	vous appellez
e	ils appellent	n	ils appelent
t	j'ai appellé	s	j'ai appelé

J'aime les _ _ _ _ _ _ _ !

2

25 Welches Wort wird gesucht?

Lies die Sätze durch. Suche die passenden Fotos zu den jeweiligen Sätzen und ergänze dann die fehlenden Wörter.

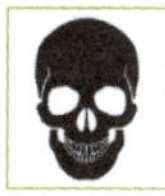

La s o u r i s est petite et grise.

Léonie regarde un vieux t é l é p h o n e.

On a trouvé un c r â n e dans les catacombes.

Sophie descend l'e s c a l i e r.

Cette femme a six b r a s.

26 Was liebt Moustique?

Mit dem Buchstaben vor der richtigen Form findest du das Lösungswort.

(v) j'appelle	d j'appele
e tu appeles	(o) tu appelles
(y) il/elle/on appelle	s il/elle/on appele
s nous appellons	(a) nous appelons
(g) vous appelez	i vous appellez
(e) ils appellent	n ils appelent
t j'ai appellé	(s) j'ai appelé

J'aime les v o y a g e s !

Wortschatz
Das Verb *appeler*

27 Bilderrätsel

Schreibe auf, was du auf den Bildern siehst. Gehe dann vor wie im Beispiel. Mit den Buchstaben, die übrig bleiben, findest du das Lösungswort.

~~4~~, ~~5~~, ~~6~~

d a n ~~s~~ ~~e~~ ~~r~~

~~1~~, ~~2~~

une _ _ _ _

1 = r, 4 = x

la _ _ _ _

Lösungswort: d a n _ _ _ _ _ _ _

~~1~~, ~~3~~, ~~4~~, ~~5~~

une _ _ _ _ _ _

~~1~~, ~~2~~, 5 = e, 6 = m

un _ _ _ _ _ _

1 = b, 2 = l, ~~5~~, ~~6~~

une _ _ _ _ _ _

Lösungswort: _ _ _ _ _ _ _ _ _ _

28 Wortketten

Welche Buchstaben verbinden die Wörter? Füge sie in die grünen Kreise ein.

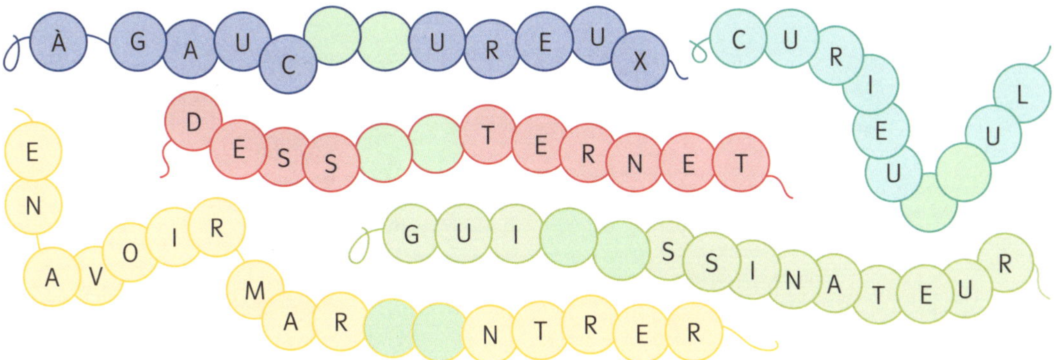

2

27 Bilderrätsel

Schreibe auf, was du auf den Bildern siehst. Gehe dann vor wie im Beispiel. Mit den Buchstaben, die übrig bleiben, findest du das Lösungswort.

~~4~~, ~~5~~, ~~6~~ — d a n ~~s~~ ~~e~~ ~~r~~

~~1~~, ~~2~~ — une ~~p~~ ~~a~~ g e

1 = r, 4 = x — la ~~p~~ e u ~~l~~ (r, x)

Lösungswort: d a n g e r e u x

~~1~~, ~~3~~, ~~4~~, ~~5~~ — une ~~g~~ r ~~i~~ ~~l~~ ~~l~~ e

~~1~~, ~~2~~, 5 = e, 6 = m — un ~~d~~ ~~e~~ s s ~~i~~ ~~n~~ (e, m)

1 = b, 2 = l, ~~5~~, ~~6~~ — une ~~p~~ ~~i~~ e r ~~r~~ ~~e~~ (b, l)

Lösungswort: r e s s e m b l e r

28 Wortketten

Welche Buchstaben verbinden die Wörter? Füge sie in die grünen Kreise ein.

Wortschatz

29 Was liest Moustique?

Bringe den Dialog in die richtige Reihenfolge.
Dann kannst du das fehlende Wort ergänzen.

- ◯ Ah, c'est dommage. Quand est-ce qu'il est à la maison? a
- ◯ Au revoir, madame et merci. b
- ◯ Bonjour, madame. C'est Léo. Est-ce que Julien est là? a
- ◯ Bon, alors, je rappelle plus tard. o
- ◯ C'est bien. m
- ◯ Je pense qu'il rentre dans une heure. c
- ◯ Allô? c
- ◯ Non, désolée, il n'est pas là. t
- ◯ Au revoir, Léo. e

Moustique lit un livre sur les

__ __ __ __ __ __ __ __ __ s.

30 Lückenfüller

Welches Verb passt in welchen Satz? Setze es in der konjugierten Form ein.

rencontrer   écrire   faire   rester   oublier   voir   être

Julien ______________ triste parce que les garçons ________________ des choses bêtes.

Dans les catacombes, il ________________ froid et sombre.

Les élèves ________________ des milliers de crânes.

Julien ne ________________ pas avec les autres.

Il ________________ Vladimir.

Enfin, il ________________ ses idées noires.

Wortschatz: Telefongespräch
Verben

2

29 Was liest Moustique?

Bringe den Dialog in die richtige Reihenfolge. Dann kannst du das fehlende Wort ergänzen.

(4) Ah, c'est dommage. Quand est-ce qu'il est à la maison? (a)

(8) Au revoir, madame et merci. (b)

(2) Bonjour, madame. C'est Léo. Est-ce que Julien est là? (a)

(6) Bon, alors, je rappelle plus tard. (o)

(7) C'est bien. (m)

(5) Je pense qu'il rentre dans une heure. (c)

(1) Allô? (c)

(3) Non, désolée, il n'est pas là. (t)

(9) Au revoir, Léo. (e)

Moustique lit un livre sur les c a t a c o m b e s.

30 Lückenfüller

Welches Verb passt in welchen Satz? Setze es in der konjugierten Form ein.

rencontrer écrire faire rester oublier voir être

Julien est triste parce que les garçons écrivent des choses bêtes.

Dans les catacombes, il fait froid et sombre.

Les élèves voient des milliers de crânes.

Julien ne reste pas avec les autres.

Il rencontre Vladimir.

Enfin, il oublie ses idées noires.

Wortschatz: Telefongespräch
Verben

31 Kleine Wörter

Findest du das Lösungswort?

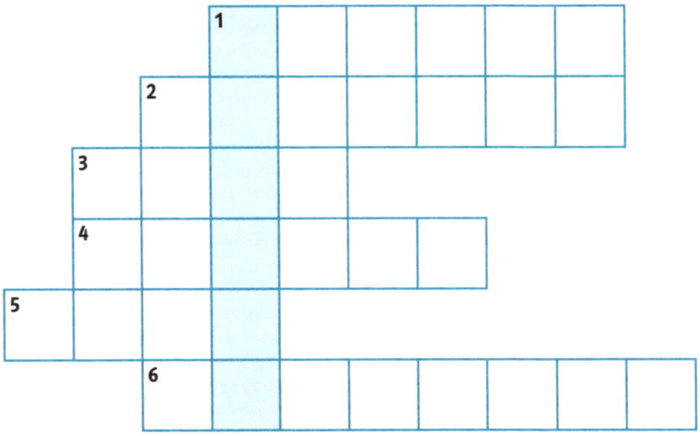

1 seit
2 oft
3 ohne
4 gegen
5 sogar
6 wirklich

Lösungswort:

_ _ _ _ _ _

32 Wortpuzzle

Bilde vier Wörter. Die Silben, die übrigbleiben, ergeben das Lösungswort.

sion dis des cus

_ _ _ _ _ _ _ _ _ _

ées res id noi si

_ _ _ _ _ _ _ _ _ _ _

pon na dre ré

_ _ _ _ _ _ _ _

vi teur te si

_ _ _ _ _ _

Lösungswort: un _ _ _ _ _ _ _ _ _ _ _ _

2

31 Kleine Wörter

Findest du das Lösungswort?

			1 D	E	P	U	I	S	
		2 S	O	U	V	E	N	T	
	3 S	A	N	S					
	4 C	O	N	T	R	E			
5 M	Ê	M	E						
		6 V	R	A	I	M	E	N	T

1 seit
2 oft
3 ohne
4 gegen
5 sogar
6 wirklich

Lösungswort: D O N N E R

32 Wortpuzzle

Bilde vier Wörter. Die Silben, die übrigbleiben, ergeben das Lösungswort.

sion dis (des) cus
d i s c u s s i o n

ées res id noi (si)
i d é e s n o i r e s

pon (na) dre ré
r é p o n d r e

vi (teur) te si
v i s i t e

Lösungswort: un d e s s i n a t e u r

Wortschatz

33 Noch mehr Verbformen

Finde die versteckten Formen.

A	S	C	É	T	R	G	S	A	I	S
S	I	O	N	S	U	I	K	A	U	A
C	O	N	N	A	I	S	S	E	N	T
T	D	N	E	V	A	H	O	E	E	O
H	E	A	V	O	I	T	L	R	D	P
I	N	I	N	N	S	U	I	T	V	B
L	T	S	I	S	I	L	T	I	H	G
C	E	R	É	P	O	N	D	E	Z	F

ich weiß – je ____________

du kennst – tu ____________

er sieht – il ____________

wir wissen – nous ____________

ihr antwortet – vous ____________

sie kennen – ils ____________

34 Finde den Eindringling!

Welches Wort passt nicht in die Reihe?

qui sans que où

quel quelle que quelles

il a pris il prend nous avons pris j'ai pris

malheureux timide sombre fermer

LÖSUNGEN

Plateau 1

33 Noch mehr Verbformen

Finde die versteckten Formen.

A	S	C	É	T	R	G	S	A	I	S
S	I	O	N	S	U	I	K	A	U	A
C	O	N	N	A	I	S	S	E	N	T
T	D	N	E	V	A	H	O	E	E	O
H	E	A	V	O	I	T	L	R	D	P
I	N	I	N	N	S	U	I	T	V	B
L	T	S	I	S	I	L	T	I	H	G
C	E	R	É	P	O	N	D	E	Z	F

ich weiß – je sais

du kennst – tu connais

er sieht – il voit

wir wissen – nous savons

ihr antwortet – vous répondez

sie kennen – ils connaissent

34 Finde den Eindringling!

Welches Wort passt nicht in die Reihe?

qui – ~~sans~~ – que – où

quel – quelle – ~~que~~ – quelles

il a pris – ~~il prend~~ – nous avons pris – j'ai pris

malheureux – timide – sombre – ~~fermer~~

Verben
Grammatik

© PONS GmbH 2022 – Découvertes 2 S jaune/bleue – Übungsblock

35 Richtig oder falsch?

Wenn du richtig antwortest, kannst du mit den Buchstaben das Lösungswort bilden.

	richtig	falsch
Vor einem Vokal und einem stummen *h* wird ***ce*** zu ***cet***.	l	r
Vor einem Vokal und einem stummen *h* wird ***qui*** zu ***qu'***.	o	i
Bei **Adjektiven mit der Endung *-eux*** ist die weibliche Form ***-euse***.	v	a
Bei **regelmäßigen Verben auf *-dre*** endet das ***Participe passé*** immer auf ***-é***.	t	r
Das ***Participe passé* unregelmäßiger Verben** wird regelmäßig gebildet.	u	e

Moustique regarde un _ _ _ _ _ .

36 Finde den Eindringling!

Welches Wort passt nicht in die Reihe?

savoir | travailler | connaître | voir

je sais | vous savez | nous sommes | ils savent

il cherche | elle voit | on attend | nous regardons

j'ai pris | nous avons fait | ils vont aimer | vous avez vu

ces élèves | ces actrices | ces activités | ces filles

35 Richtig oder falsch?

Wenn du richtig antwortest, kannst du mit den Buchstaben das Lösungswort bilden.

	richtig	falsch
Vor einem Vokal und einem stummen *h* wird ***ce*** zu ***cet***.	l	r
Vor einem Vokal und einem stummen *h* wird ***qui*** zu ***qu'***.	o	i
Bei **Adjektiven mit der Endung *-eux*** ist die weibliche Form ***-euse***.	v	a
Bei **regelmäßigen Verben auf *-dre*** endet das ***Participe passé*** immer auf ***-é***.	t	r
Das ***Participe passé*** **unregelmäßiger Verben** wird regelmäßig gebildet.	u	e

Moustique regarde un l i v r e .

36 Finde den Eindringling!

Welches Wort passt nicht in die Reihe?

savoir — ~~travailler~~ — connaître — voir

je sais — vous savez — ~~nous sommes~~ — ils savent

il cherche — elle voit — on attend — ~~nous regardons~~

j'ai pris — nous avons fait — ~~ils vont aimer~~ — vous avez vu

ces élèves — ces actrices — ces activités — ~~ces filles~~

© PONS GmbH 2022 Découvertes 2 S jaune / bleue Übungsblock

37 Durcheinandergewirbelt!

Wenn du die Sätze in die richtige Reihenfolge bringst, findest du ein Lösungswort.

Julien la trouve sortie. plus ne

o i v r r u

idées Vladimir cherche Le pour dessinateur manga. des son

e v i d t e e n t

une

catacombes fait les très il Dans froid.

a t h e t c r

ses Vladimir Julien et écoute oublie noires. idées

b s p s o i e l

37 Durcheinandergewirbelt!

Wenn du die Sätze in die richtige Reihenfolge bringst, findest du ein Lösungswort.

Julien la trouve sortie. plus ne

o i v r r u

o u v r i r

idées Vladimir cherche Le pour dessinateur manga. des son

e v i d t e e n t

une d e v i n e t t e

catacombes fait les très il Dans froid.

a t h e t c r

c h a t t e r

ses Vladimir Julien et écoute oublie noires. idées

b s p s o i e l

p o s s i b l e

Satzbau

38 Satzgitter

Welche Sätze haben sich hier versteckt?

T	R	E	L	T	T
I	O	S	U	E	A
E	S	A	D	N	A
	A	U	T	R	L
	L	À	S	E	X

II ______________________

____

____

____

____

____

É	M	I	L	A
L	A	A	E	X
I	V	P	B	A
S	I	U	E	A
E	T	O	C	U

39 Wörterschlange

Welche Wörter und Wendungen verstecken sich hier? Schreibe alle auf.

r e s s e m b l e r h f s d a v o i r l ' a i r e d f g g l a c o

l è r e d f g u d r ô l e r f f g u n e f o i s e f g g c o n t r

e u e n f g d e p u i s

____________, ____________, ____________, ____________,

____________, ____________, ____________,

Plateau 1

38 Satzgitter

Welche Sätze haben sich hier versteckt?

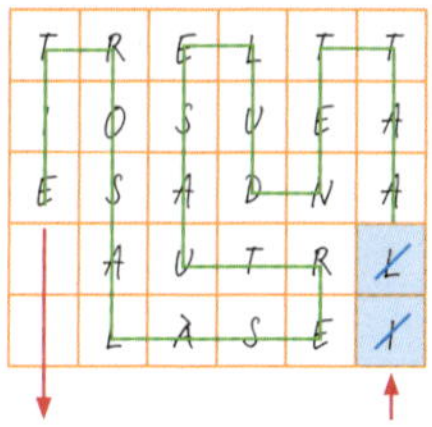

Il a attendu les autres à la sortie.

Alex a beaucoup aimé la visite.

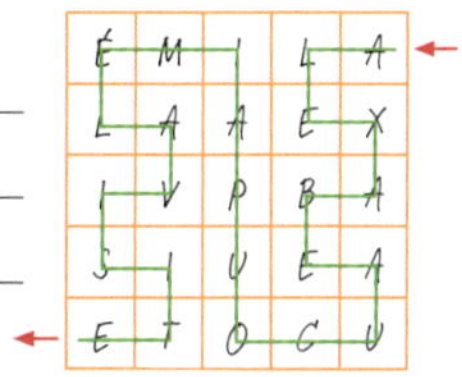

39 Wörterschlange

Welche Wörter und Wendungen verstecken sich hier? Schreibe alle auf.

ressembler, avoir l'air, la colère, drôle,

une fois, contre, depuis,

40 Welche Adjektivform stimmt?

Finde die richtige Form und bilde mit den Buchstaben das Lösungswort.

Il est ________________ (s) courageux (r) courageuse

Ce n'est pas ________________ ! (p) possible (u) possibles

C'est une situation ________________ . (l) dangereux (o) dangereuse

Les garçons sont les ________________ à l'école. (r) nouveaux (a) nouvelles

Marie et Alex sont ________________ . (r) heureux (t) heureuses

Moustique aime beaucoup le ☐☐☐☐☐

41 Frage und Antwort

Verbinde, was zusammengehört.

- Quand est-ce qu'il est né?
- Tu n'as plus envie de continuer?
- Qu'est-ce que tu en penses?
- Qu'est-ce qu'il fait?
- Il y a un problème?

- Oui, je suis en colère.
- Il chatte avec Marie.
- Non, j'en ai marre.
- Il est né en 2000.
- Je pense que c'est une bonne idée.

Adjektive
Wortschatz

LÖSUNGEN

Plateau 1

40 Welche Adjektivform stimmt?

Finde die richtige Form und bilde mit den Buchstaben das Lösungswort.

Il est courageux ___ (s) courageux (r) courageuse

Ce n'est pas possible ___ ! (p) possible (u) possibles

C'est une situation dangereuse ___ . (l) dangereux (o) dangereuse

Les garçons sont les nouveaux ___ à l'école. (r) nouveaux (a) nouvelles

Marie et Alex sont heureuses ___ . (r) heureux (t) heureuses

Moustique aime beaucoup le s p o r t

41 Frage und Antwort

Verbinde, was zusammengehört.

- Quand est-ce qu'il est né? → Il est né en 2000.
- Tu n'as plus envie de continuer? → Non, j'en ai marre.
- Qu'est-ce que tu en penses? → Je pense que c'est une bonne idée.
- Qu'est-ce qu'il fait? → Il chatte avec Marie.
- Il y a un problème? → Oui, je suis en colère.

Adjektive
Wortschatz

42 Vokalpaare

Ergänze die fehlenden Vokale.

vr __ __

curi __ __ x

v __ __ r

un act __ __ r

avoir p __ __ r

avoir l' __ __ r

un escal __ __ r

s __ __ vent

une sort __ __

43 Finde den Eindringling!

Welches Wort passt nicht in die Reihe?

la chance | heureux | content | bête

sombre | le souterrain | avoir peur | poubelle

un dessinateur | le dessin | une visite | une BD

la tête | le bras | le pull | les yeux

une star | un acteur | mille | le cinéma

LÖSUNGEN

42 Vokalpaare

Ergänze die fehlenden Vokale.

vr a i

curi e u x

v o i r

un act e u r

avoir p e u r

avoir l' a i r

un escal i e r

s o u vent

une sort i e

43 Finde den Eindringling!

Welches Wort passt nicht in die Reihe?

la chance – heureux – content – ~~bête~~

sombre – le souterrain – avoir peur – ~~poubelle~~

un dessinateur – le dessin – ~~une visite~~ – une BD

la tête – le bras – ~~le pull~~ – les yeux

une star – un acteur – ~~mille~~ – le cinéma

44 Was sagt Moustique?

Die Buchstaben für das Lösungswort findest du in den rosafarbenen Kästchen.

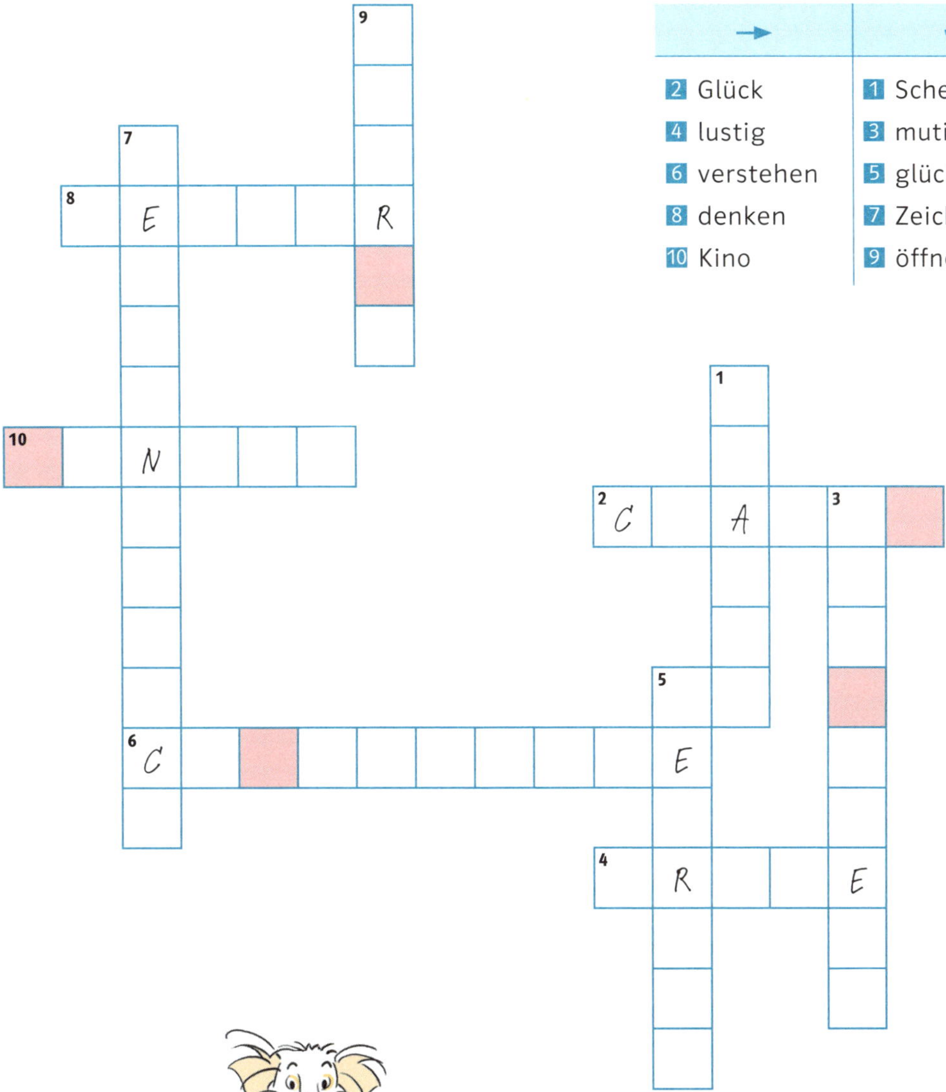

→	↓
2 Glück	1 Scherz
4 lustig	3 mutig
6 verstehen	5 glücklich
8 denken	7 Zeichnerin
10 Kino	9 öffnen

44 Was sagt Moustique?

Die Buchstaben für das Lösungswort findest du in den rosafarbenen Kästchen.

→	↓
2 Glück	1 Scherz
4 lustig	3 mutig
6 verstehen	5 glücklich
8 denken	7 Zeichnerin
10 Kino	9 öffnen

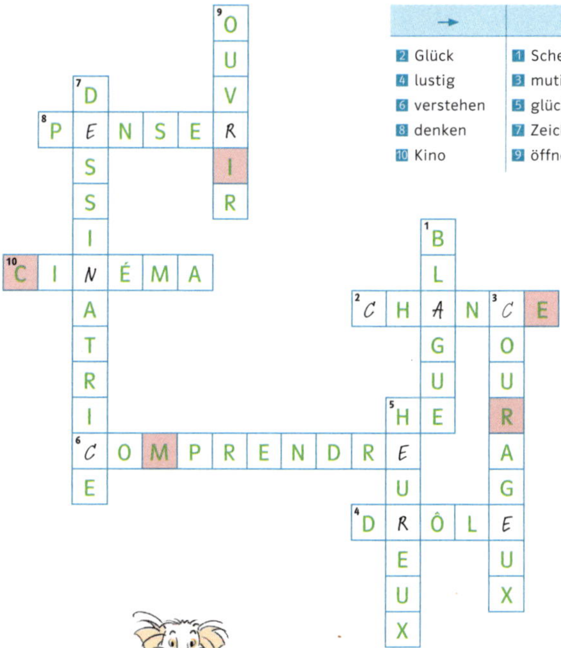

Wortschatz

45 Reimpaare

Finde die passenden Reimwörter.

la tête – b _ _ _

curieux – mal _ _ _ _ _ _ _

le restaurant – sou _ _ _ _

le cadeau – nou _ _ _ _

un ordinateur – un dessi _ _ _ _ _ _

une star – sa _ _ _ _

la colère – hi _ _

le problème – le m _ _ _

46 Wörterwirbel!

Welche Wörter kannst du aus den Buchstaben bilden? Das A in der Mitte muss in jedem Wort enthalten sein.

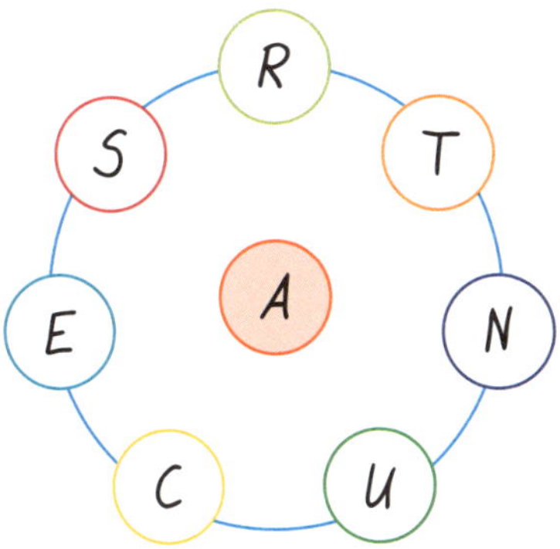

____

____

____

____

____

45 Reimpaare

Finde die passenden Reimwörter.

curieux – mal h e u r e u x

la tête – b ê t e

le restaurant – sou v e n t

le cadeau – nou v e a u

un ordinateur – un dessi n a t e u r

une star – sa v o i r

la colère – hi e r

le problème – le m ê m e

46 Wörterwirbel!

Welche Wörter kannst du aus den Buchstaben bilden? Das A in der Mitte muss in jedem Wort enthalten sein.

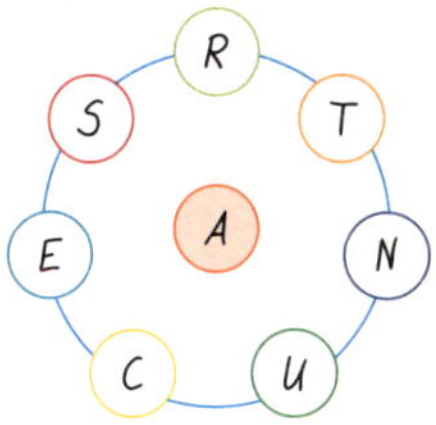

une star

un acteur

sans

sa

un sac

47 Was ist das?

Finde die Wörter, die hier beschrieben werden.

C'est quelqu'un qui fait peur. — un v _ _ _ _ _ _

C'est un animal qui n'aime pas les chats. — une s _ _ _ _ _

C'est quelque chose qu'on a sur la tête. — les c _ _ _ _ _ _ _

C'est quelqu'un qui montre les catacombes aux touristes. — un _ _ _ _ _ _

C'est un endroit où on a peut-être peur. — dans les s _ _ _ _ _ _ _ _ _

48 Geht es dir gut?

Kreuze die Sätze an, die eine gute Stimmung ausdrücken.

- ◯ Tu as l'air heureux!
- ◯ J'aime rencontrer mes amis.
- ◯ Je déteste quand mon ami arrive en retard.
- ◯ J'ai un problème.
- ◯ C'est dommage.
- ◯ Aujourd'hui, je vais bien.
- ◯ J'écoute un CD que j'aime.

47 Was ist das?

Finde die Wörter, die hier beschrieben werden.

C'est quelqu'un qui fait peur. — un v a m p i r e

C'est un animal qui n'aime pas les chats. — une s o u r i s

C'est quelque chose qu'on a sur la tête. — les c h e v e u x

C'est quelqu'un qui montre les catacombes aux touristes. — un g u i d e

C'est un endroit où on a peut-être peur. — dans les s o u t e r r a i n s

48 Geht es dir gut?

Kreuze die Sätze an, die eine gute Stimmung ausdrücken.

- [x] Tu as l'air heureux!
- [x] J'aime rencontrer mes amis.
- [ ] Je déteste quand mon ami arrive en retard.
- [ ] J'ai un problème.
- [ ] C'est dommage.
- [x] Aujourd'hui, je vais bien.
- [x] J'écoute un CD que j'aime.

49 Das Verb *pouvoir*

Schreibe alle Formen auf. Mit den Buchstaben in den farbigen Kästchen findest du das Lösungswort.

je							
tu							
il/elle/on							
nous							
vous							
ils/elles							

50 Das Verb *vouloir*

Schreibe alle Formen auf. Die Farben helfen dir. Jeder Buchstabe gehört zu einer Farbe.

je	v			x			
tu			u				
il/elle/on							
nous				l		n	s
vous		o				z	
ils/elles							t
j'ai							

3

49 Das Verb *pouvoir*

Schreibe alle Formen auf. Mit den Buchstaben in den farbigen Kästchen findest du das Lösungswort.

je	P	E	U	X			
tu	P	E	U	X			
il/elle/on	P	E	U	T			
nous	P	O	U	V	O	N	S
vous	P	O	U	V	E	Z	
ils/elles	P	E	U	V	E	N	T

50 Das Verb *vouloir*

Schreibe alle Formen auf. Die Farben helfen dir. Jeder Buchstabe gehört zu einer Farbe.

je	v	e	u	x			
tu	v	e	u	x			
il/elle/on	v	e	u	t			
nous	v	o	u	l	o	n	s
vous	v	o	u	l	e	z	
ils/elles	v	e	u	l	e	n	t
j'ai	v	o	u	l	u		

51 Gekonnt, gewollt, ge …

Welche Partizipien fehlen hier?

Moustique a ________ jouer avec Malabar. OLUVU

Après une heure, ils sont ________ . NEEVUSR

Marie a ________ trouver des informations sur des pays pauvres. UP

Il a ________ un exposé en géo. IATF

Elle a ________ le projet aux autres. RSPPOOE

Sacha est ________ aussi. EVUN

52 Partizipien für Profis

Übersetze die Partizipien. Achte auf die Angleichung.

Elle est a __ __ __ __ __ __ en retard.

Les filles sont v __ __ __ __ __ pour regarder.

Nous ne sommes pas r __ __ __ __ __ longtemps chez Marie.

Les élèves sont d __ __ __ __ __ __ __ __ au CDI.

Alex est r __ __ __ __ __ __ à la maison.

La casquette est t __ __ __ __ __ dans l'eau.

Moustique est m __ __ __ __ dans la chambre de Marie.

Alex et Marie sont a __ __ __ __ __ au cinéma.

angekommen
gekommen
geblieben
runtergegangen
nach Hause gegangen
gefallen
hochgegangen
gegangen

Das *Participe passé* unregelmäßiger Verben
Angleichung der Partizipien

3

51 Gekonnt, gewollt, ge …

Welche Partizipien fehlen hier?

Moustique a voulu jouer avec Malabar. OLUVU

Après une heure, ils sont revenus . NEEVUSR

Marie a pu trouver des informations sur des pays pauvres. UP

Il a fait un exposé en géo. IATF

Elle a proposé le projet aux autres. RSPPOOE

Sacha est venu aussi. EVUN

52 Partizipien für Profis

Übersetze die Partizipien. Achte auf die Angleichung.

Elle est a r r i v é e en retard. angekommen

Les filles sont v e n u e s pour regarder. gekommen

Nous ne sommes pas r e s t é s longtemps chez Marie. geblieben

Les élèves sont d e s c e n d u s au CDI. runtergegangen

Alex est r e n t r é e à la maison. nach Hause gegangen

La casquette est t o m b é e dans l'eau. gefallen

Moustique est m o n t é dans la chambre de Marie. hochgegangen

Alex et Marie sont a l l é e s au cinéma. gegangen

Das *Participe passé* unregelmäßiger Verben
Angleichung der Partizipien

! Einige wenige Verben bilden das ***Passé composé*** mit dem **Hilfsverb *être*** und dem *Participe passé*. Man kann sich diese Verben gut mit dem ***être*-Haus** merken. Dieses Haus findest du z. B. in deinem grammatischen Beiheft, Unité 3.

© PONS GmbH 2022 …

53 Was ist richtig?

Ergänze die richtige Endung. Mit den Buchstaben der richtigen Endungen findest du das Lösungswort.

	é	ée	és	ées
Enfin, ils sont arriv ________.	e	s	r	u
Alex et Marie sont rentr ________ à la maison.	d	n	i	u
Tout le monde est mont ________ dans le bus.	g	a	d	c
Marie est all ________ à la boulangerie.	e	b	t	a
Léo et Marie sont rest ________ au CDI.	n	e	y	r

Moustique fais du _ _ _ _ _ .

54 *avoir* oder *être*?

*Bei welchem Verb verwendest du **avoir**, bei welchem **être** als Hilfsverb? Verbinde.*

arrêter rentrer monter revenir

arriver descendre

écouter

avoir tomber être

entrer téléphoner

proposer être avoir

Das *Passé composé* mit *avoir* und *être*

3

53 Was ist richtig?

Ergänze die richtige Endung. Mit den Buchstaben der richtigen Endungen findest du das Lösungswort.

	é	ée	és	ées
Enfin, ils sont arriv ________.	e	s	r	u
Alex et Marie sont rentr ________ à la maison.	d	n	i	u
Tout le monde est mont ________ dans le bus.	g	a	d	c
Marie est all ________ à la boulangerie.	e	b	t	a
Léo et Marie sont rest ________ au CDI.	n	e	y	r

Moustique fais du r u g b y .

54 *avoir* oder *être*?

*Bei welchem Verb verwendest du **avoir**, bei welchem **être** als Hilfsverb? Verbinde.*

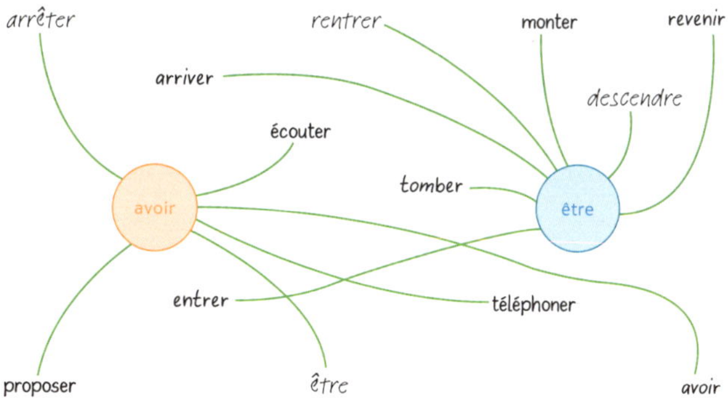

Das *Passé composé* mit *avoir* und *être*

! Beim ***Passé composé*** mit **être** muss das ***Participe passé*** **angeglichen** werden. Es richtet sich in Genus (Maskulinum / Femininum) und Numerus (Singular / Plural) nach dem Subjekt des Satzes.

Sacha est arrivé. *Marie est arrivée.*
Les garçons sont arrivés. *Les filles sont arrivées.*

55 Das Verb *venir*

Wo haben sich die Formen versteckt?

R	E	V	I	E	N	S	R	V
V	I	E	N	S	I	V	F	E
N	Z	A	V	I	S	E	T	N
V	I	E	N	T	N	N	A	E
Z	E	I	N	S	S	O	R	Z
V	I	E	N	N	E	N	T	W
V	E	N	U	(E)	I	S	V	V

je ______________

tu ______________

il/elle/on ______________

nous ______________

vous ______________

ils/elles ______________

je suis ______________

56 Fragen über Fragen

Welche Frage gehört zu welcher Antwort? Verbinde.

Qu'est-ce qu'on peut faire cet après-midi?

Est-ce qu'on apprend nos leçons ensemble?

On peut regarder un film.

On fait du judo ensemble?

Qu'est-ce que tu veux faire plus tard*?

D'accord, on va se retrouver devant le cinéma.

Je propose d'aller à la piscine cet après-midi.

Non, je n'ai pas envie de travailler pour l'école aujourd'hui.

Je ne sais pas.

Ce sport, ce n'est pas trop mon truc.

*später

3

55 Das Verb *venir*

Wo haben sich die Formen versteckt?

R	E	V	I	E	N	S	R	V
V	I	E	N	S	I	V	F	E
N	Z	A	V	I	S	E	T	N
V	I	E	N	T	N	N	A	E
Z	E	I	N	S	S	O	R	Z
V	I	E	N	N	E	N	T	W
V	E	N	U	(E)	I	S	V	V

je viens

tu viens

il/elle/on vient

nous venons

vous venez

ils/elles viennent

je suis venu(e)

56 Fragen über Fragen

Welche Frage gehört zu welcher Antwort? Verbinde.

Qu'est-ce qu'on peut faire cet après-midi?	D'accord, on va se retrouver devant le cinéma.
Est-ce qu'on apprend nos leçons ensemble?	Je propose d'aller à la piscine cet après-midi.
On peut regarder un film.	Non, je n'ai pas envie de travailler pour l'école aujourd'hui.
On fait du judo ensemble?	Je ne sais pas.
Qu'est-ce que tu veux faire plus tard*?	Ce sport, ce n'est pas trop mon truc.

*später

Das Verb *venir*
Wortschatz

57 Was gehört nicht in die Schule?

Streiche alles durch, was nichts mit dem Thema Schule zu tun hat.

une chaise

la récréation

un pantalon

apprendre

une leçon

samedi

une information

un cinéma

un tableau

une permanence

les parents

un acteur

écouter

un exposé

un surveillant/
une surveillante

un chien

l'interrogation

un carnet

une gomme

la cour

un résultat

57 Was gehört nicht in die Schule?

Streiche alles durch, was nichts mit dem Thema Schule zu tun hat.

une chaise
la récréation
~~un pantalon~~
apprendre
une leçon
~~samedi~~
une information
~~un cinéma~~
un tableau
une permanence

~~les parents~~
~~un acteur~~
écouter
un exposé
un surveillant/une surveillante
~~un chien~~
l'interrogation
un carnet
une gomme
la cour
un résultat

58 Bilderrätsel

Moustique hat die Prüfung mit Bravour bestanden! Aber in welchem Fach? Finde es heraus, indem du die Fotos auf Französisch richtig benennst.

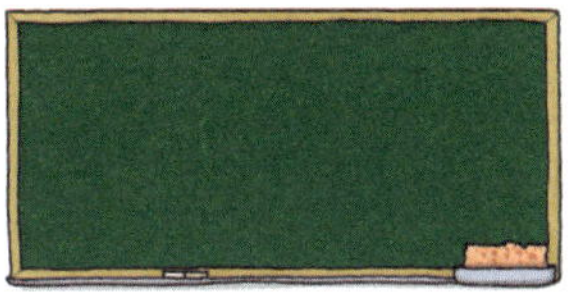

un ☐☐☐☐☐☐☐

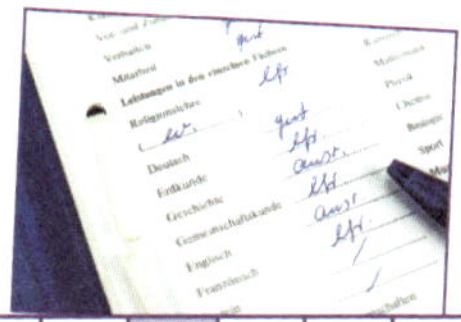

un ☐☐☐☐☐☐☐☐
☐☐☐☐☐☐☐☐

☐☐☐☐☐☐☐☐☐

la ☐☐☐☐☐☐☐☐☐☐

un ☐☐☐☐☐☐☐

une ☐☐☐☐☐☐

une ☐☐☐☐☐☐☐

un ☐☐☐☐☐☐

Lösungswort: ☐☐☐☐☐☐☐☐

3

58 Bilderrätsel

Moustique hat die Prüfung mit Bravour bestanden! Aber in welchem Fach? Finde es heraus, indem du die Fotos auf Französisch richtig benennst.

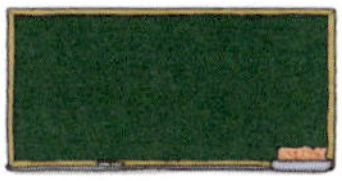
un T A B L E A U

un B U L L E T I N S C O L A I R E

P L U S I E U R S

la G É O G R A P H I E

un M E S S A G E

une C H A I S E

une D I S P U T E

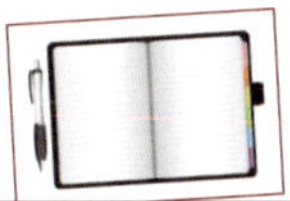
un C A R N E T

Lösungswort: A L L E M A N D

59 Neuigkeiten von Alex und Marie

Vervollständige die Nachricht.

Salut Alex, la co _ _ _ _ est un grand s _ _ _ _ _ .

Je suis très con _ _ _ _ _ . C'est super et nous avons

org _ _ _ _ _ tout ça ensemble. Et Sacha est vraiment

sp _ _ _ _ _ ! **Marie**

Salut Marie, oui, tu as rai _ _ _ ! Sacha est he _ _ _ _ _ .

En plus, on va do _ _ _ _ 2380 euros à des pays

pa _ _ _ _ _. Alors, à de _ _ _ _ et bisous! **Alex**

60 Richtig oder falsch?

Wenn du richtig antwortest, kannst du mit den Buchstaben das Lösungswort bilden.

	vrai	faux
Les élèves notent les devoirs dans le carnet de correspondance.	e	c
Avoir la moyenne, c'est important pour les élèves.	o	l
Les élèves vont en permanence et apprennent leurs leçons.	l	a
Dans le carnet de correspondance, les profs ou les parents écrivent des informations.	l	r
La géo est un sport.	u	è
Un trimestre a trois mois.	g	s
En France, les élèves ne changent pas de salle après chaque cours.	t	e

Lösungswort: le _ _ _ _ _ _ _

3

59 Neuigkeiten von Alex und Marie

Vervollständige die Nachricht.

Salut Alex, la co_u_ _r_ _s_ _e_ est un grand s_u_ _c_ _c_ _è_ _s_.
Je suis très con_t_ _e_ _n_ _t_ _e_. C'est super et nous avons
org_a_ _n_ _i_ _s_ _é_ tout ça ensemble. Et Sacha est vraiment
sp_o_ _r_ _t_ _i_ _f_ !

Marie

Salut Marie, oui, tu as rai_s_ _o_ _n_ ! Sacha est he_u_ _r_ _e_ _u_ _x_.
En plus, on va do_n_ _n_ _e_ _r_ 2380 euros à des pays
pa_u_ _v_ _r_ _e_ _s_. Alors, à de_m_ _a_ _i_ _n_ et bisous!

Alex

60 Richtig oder falsch?

Wenn du richtig antwortest, kannst du mit den Buchstaben das Lösungswort bilden.

	vrai	faux
Les élèves notent les devoirs dans le carnet de correspondance.	e	c
Avoir la moyenne, c'est important pour les élèves.	o	l
Les élèves vont en permanence et apprennent leurs leçons.	l	a
Dans le carnet de correspondance, les profs ou les parents écrivent des informations.	l	r
La géo est un sport.	u	è
Un trimestre a trois mois.	g	s
En France, les élèves ne changent pas de salle après chaque cours.	t	e

Lösungswort: le _c_ _o_ _l_ _l_ _è_ _g_ _e_

Wortschatz
Landeskunde

61 Wabenrätsel

Finde die Wörter und schreibe sie auf.

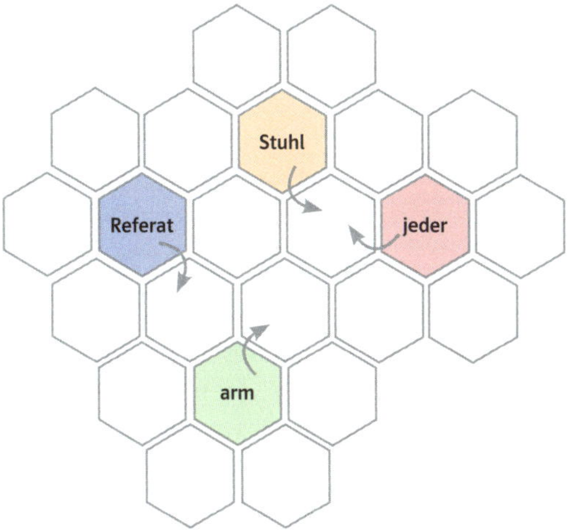

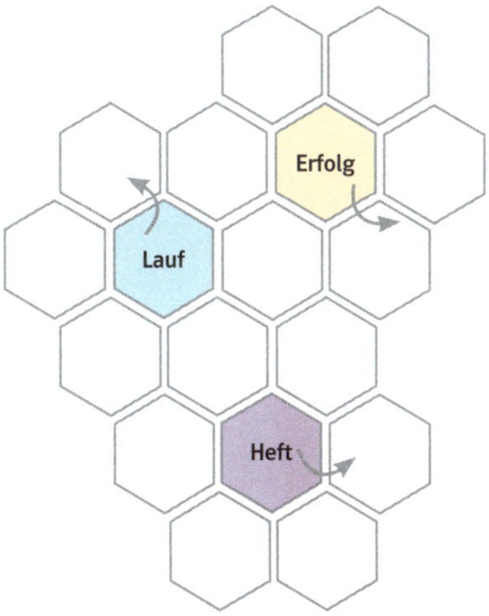

3

61 Wabenrätsel

Finde die Wörter und schreibe sie auf.

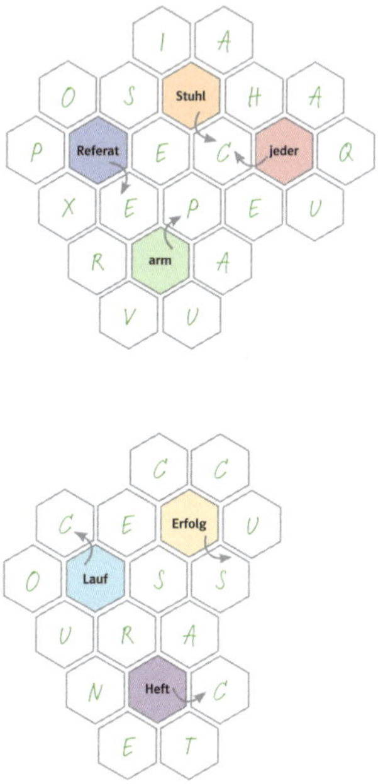

exposé

chaise

chaque

pauvre

course

succès

carnet

Wortschatz

62 Wer oder was bin ich?

Finde die Lösungswörter.

Je suis quelqu'un qui donne des cours aux élèves. un p _ _ _ _ _ _ _ _ _

Je suis quelque chose qu'on écrit pour un journal. un a _ _ _ _ _ _

Je suis une salle pour les élèves quand ils n'ont pas cours. une s _ _ _ _ de p _ _ _ _ _ _ _ _ _ _

Je suis quelqu'un qui aime le sport. un s _ _ _ _ _ _

Je suis quelque chose qu'on cherche sur internet ou dans des livres. une i _ _ _ _ _ _ _ _ _ _

Je suis une matière à l'école. On apprend beaucoup sur des pays différents. la g _ _ _ _ _ _ _ _ _

63 Finde den Eindringling!

Welches Wort passt nicht in die Reihe?

une chaise | un tableau | une dispute | une table

un carnet | un livre | un stylo | changer

le bulletin | la moyenne | quatorze sur vingt | le groupe

un ordinateur | la géo | les mathématiques | l'allemand

un exposé | une leçon | la récréation | un exercice

avancer | prochain | la piste | des kilomètres

3

62 Wer oder was bin ich?

Finde die Lösungswörter.

Je suis quelqu'un qui donne des cours aux élèves.	un p r o f e s s e u r
Je suis quelque chose qu'on écrit pour un journal.	un a r t i c l e
Je suis une salle pour les élèves quand ils n'ont pas cours.	une s a l l e de p e r m a n e n c e
Je suis quelqu'un qui aime le sport.	un s p o r t i f
Je suis quelque chose qu'on cherche sur internet ou dans des livres.	une i n f o r m a t i o n
Je suis une matière à l'école. On apprend beaucoup sur des pays différents.	la g é o g r a p h i e

63 Finde den Eindringling!

Welches Wort passt nicht in die Reihe?

une chaise – un tableau – ~~une dispute~~ – une table

un carnet – un livre – un stylo – ~~changer~~

le bulletin – la moyenne – quatorze sur vingt – ~~le groupe~~

~~un ordinateur~~ – la géo – les mathématiques – l'allemand

un exposé – une leçon – ~~la récréation~~ – un exercice

avancer – ~~prochain~~ – la piste – des kilomètres

Wortschatz

© PONS GmbH 2022 – Découvertes 3 Série jaune/bleue – Übungsblock

64 Durcheinandergewirbelt!

Wenn du die Sätze in die richtige Reihenfolge bringst, findest du das Lösungswort.

la bien à veut course. Sacha participer

e r t r r a ê

la ont Ils organisé ensemble. course

e a c d u a

un

n' course. un pas Sacha exposé la a voulu sur faire

a e t t f i u n a q s

sont la 300 participer course. élèves à venus

t r a n e t d e

maison. monde course, content Après le est la la tout rentré à

e n s r d i a e c s t i

une

3

64 Durcheinandergewirbelt!

Wenn du die Sätze in die richtige Reihenfolge bringst, findest du das Lösungswort.

la	bien	à	veut	course.	Sacha	participer
e	r	t	r	r	a	ê

a r r ê t e r

la	ont	Ils	organisé	ensemble.	course
e	a	c	d	u	a

un c a d e a u

n'	course.	un	pas	Sacha	exposé	la	a	voulu	sur	faire
a e	t	t	f	i		u	n	a	q	s

f a n t a s t i q u e

sont	la	300	participer	course.	élèves	à	venus
t	r	a	n	e	t	d	e

a t t e n d r e

maison.	monde	course,	content	Après	le	est	la	la	tout	rentré	à
e	n	s	r	d	i	a	e	c	s	t	i

une d e s s i n a t r i c e

Wortschatz

© PONS GmbH 2022 – Découvertes 2 S jaune / bleue – Übungsblock

65 Oh, Moustique!

*Wie heißen die Formen von **boire** unter den Klecksen?*

je b ______________

nous b ______________

tu b ______________

vous b ______________

il/elle/on b ______________

ils/elles b ______________

il a ______________

66 Im Supermarkt

Kreise den richtigen Teilungsartikel ein.

On prend aussi	de la	du	de l'	eau minérale.
Pour les crêpes, Marie achète	de la	du	de l'	lait.
Grégoire et Carla prennent	de la	du	de l'	farine.
J'ai pris	de la	du	de l'	coca pour ce soir.
Il faut prendre	de la	du	de l'	huile pour la salade.
Moi, je veux manger	de la	du	de l'	yaourt demain matin.

4

65 Oh, Moustique!

*Wie heißen die Formen von **boire** unter den Klecksen?*

je b bois
nous b buvons
tu b bois
vous b buvez
il/elle/on b boit
ils/elles b boivent
il a bu

66 Im Supermarkt

Kreise den richtigen Teilungsartikel ein.

On prend aussi	de la	du	(de l')	eau minérale.
Pour les crêpes, Marie achète	de la	(du)	de l'	lait.
Grégoire et Carla prennent	(de la)	du	de l'	farine.
J'ai pris	de la	(du)	de l'	coca pour ce soir.
Il faut prendre	de la	du	(de l')	huile pour la salade.
Moi, je veux manger	de la	(du)	de l'	yaourt demain matin.

Das Verb *boire*
Der Teilungsartikel

! Der **Teilungsartikel *du*, *de la*, *de l'*** wird aus ***de*** und dem **bestimmten Artikel** gebildet. Er drückt eine **unbestimmte Menge** aus und steht vor Nomen im Singular. Im Deutschen steht in diesem Fall kein Artikel.

67 Fragen und Antworten

Verbinde, was zusammenpasst.

Je voudrais des pommes de terre, s'il vous plaît.

Est-ce qu'il y a encore des citrons?

Tu as acheté de la farine?

Il faut acheter de la limonade.

Est-ce qu'il y a encore du lait?

Oui, j'en ai acheté un kilo.

Oui, il y en a encore deux litres.

Oui, il y en a encore deux.

Vous en voulez combien?

Combien est-ce qu'il en faut?

68 Lucie kauft für ihre Mutter ein

Die Verbindung ist sehr schlecht. Was sagt Lucies Mutter? Vervollständige ihre Sätze.

Alors, il faut acheter __ __ __ __ limonade,

beaucoup __eau minérale et deux bouteilles

__ __ coca.

Pour la salade, il faut __ __ __ tomates et

__ __ __ olives.

Et beaucoup __ __ chocolat!

D'accord!

Das Pronomen *en*
Der unpersönliche Ausdruck *il faut*, Mengenangaben mit *de*

67 Fragen und Antworten

Verbinde, was zusammenpasst.

Je voudrais des pommes de terre, s'il vous plaît.	Vous en voulez combien?
Est-ce qu'il y a encore des citrons?	Oui, il y en a encore deux.
Tu as acheté de la farine?	Oui, j'en ai acheté un kilo.
Il faut acheter de la limonade.	Combien est-ce qu'il en faut?
Est-ce qu'il y a encore du lait?	Oui, il y en a encore deux litres.

68 Lucie kauft für ihre Mutter ein

Die Verbindung ist sehr schlecht. Was sagt Lucies Mutter? Vervollständige ihre Sätze.

Alors, il faut acheter d e l a limonade,

beaucoup d'eau minérale et deux bouteilles

d e coca.

Pour la salade, il faut d e s tomates et

d e s olives.

Et beaucoup d e chocolat!

D'accord!

Das Pronomen *en*
Der unpersönliche Ausdruck *il faut*, Mengenangaben mit *de*

! Als **Pronomen** vertritt ***en*** Ergänzungen mit ***de***. ***En*** kann durch ein Zahlwort oder eine Mengenangabe näher bestimmt werden.

Il faut bedeutet in Verbindung
- mit einem Nomen: „Man braucht / benötigt …"
- mit einem Infinitiv: „Man muss etwas tun."

Il ne faut pas bedeutet: „Man darf etwas nicht tun."

69 Hm, so lecker!

Wie heißen das Obst und das Gemüse? Schreibe die Wörter mit dem unbestimmten Artikel auf.

69 Hm, so lecker!

Wie heißen das Obst und das Gemüse? Schreibe die Wörter mit dem unbestimmten Artikel auf.

une pomme	une salade
une banane	une pomme de terre
un melon	une tomate
un citron	une olive
une orange	un poivron
une fraise	

70 Buchstabengitter

Welche Wörter haben sich hier versteckt? Bringe die Buchstaben in jedem Gitter in die richtige Reihenfolge.

v	n	t
i	é	i

____

i	a
p	n

____

t	é	r
e	n	e

____

r	u	a	é
h		m	p
c	r	e	s

____

e	o	t
g	û	r

____

e	g	v
r		a

____

71 Die Verben *acheter, préférer* und *espérer*

Ergänze die Akzente, wo es nötig ist.

j'achete   tu achetes   il/elle/on achete

nous achetons   vous achetez   ils/elles achetent

j'ai achete

j'espere   tu esperes   il/elle/on espere

nous esperons   vous esperez   ils/elles esperent

j'ai espere

je prefere   tu preferes   il/elle/on prefere

nous preferons   vous preferez   ils/elles preferent

j'ai prefere

Wortschatz
Die Verben *acheter, préférer* und *espérer*

4

70 Buchstabengitter

Welche Wörter haben sich hier versteckt? Bringe die Buchstaben in jedem Gitter in die richtige Reihenfolge.

v	n	t
i	é	i

invité

i	a
p	n

pain

t	é	r
e	n	e

entrée

r	u	a	é
h		m	p
c	r	e	s

supermarché

e	o	t
g	û	r

goûter

e	g	v
r		a

grave

71 Die Verben *acheter, préférer* und *espérer*

Ergänze die Akzente, wo es nötig ist.

j'achète	tu achètes	il/elle/on achète
nous achetons	vous achetez	ils/elles achètent
j'ai acheté		

j'espère	tu espères	il/elle/on espère
nous espérons	vous espérez	ils/elles espèrent
j'ai espéré		

je préfère	tu préfères	il/elle/on préfère
nous préférons	vous préférez	ils/elles préfèrent
j'ai préféré		

Wortschatz
Die Verben *acheter, préférer* und *espérer*

72 Tischlein, deck dich!

Bringe die Buchstaben in die richtige Reihenfolge und schreibe die gesuchten Wörter auf.

un ererv ________________

une eestitrev ________________

une ulcèlier ________________

une oefthctreu ________________

une saseitet ________________

un ocuuaet ________________

4

72 Tischlein, deck dich!

Bringe die Buchstaben in die richtige Reihenfolge und schreibe die gesuchten Wörter auf.

un ererv — un verre

une eestitrev — une serviette

une ulcèlier — une cuillère

une oefthctreu — une fourchette

une saseitet — une assiette

un ocuuaet — un couteau

Wortschatz

73 Bilderrätsel

Schreibe auf, was du auf den Bildern siehst. Gehe dann vor wie im Beispiel. Mit den Buchstaben, die übrig bleiben, findest du das Lösungswort.

1 = r, ~~2~~, ~~4~~, ~~5~~

une ~~o~~ ~~l~~ i ~~v~~ ~~e~~

1 = g, ~~3~~, ~~5~~

une _ _ _ _ _

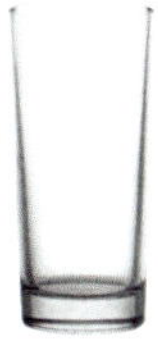

~~1~~, ~~4~~, ~~5~~

un _ _ _ _ _

Lösungswort: r i _ _ _ _ _

3 = u, ~~4~~, ~~5~~, ~~6~~, ~~7~~

un _ _ _ _ _ _ _

~~1~~, ~~2~~

du _ _ _ _

Lösungswort: un _ _ _ _ _

1 = l, ~~3~~

un _ _ _

~~1~~, ~~2~~, ~~3~~, ~~5~~, ~~6~~

la _ _ _ _ _ _

~~1~~, ~~2~~, ~~3~~, ~~4~~

le _ _ _ _ _

Lösungswort: la _ _ _ _

4

73 Bilderrätsel

Schreibe auf, was du auf den Bildern siehst. Gehe dann vor wie im Beispiel. Mit den Buchstaben, die übrig bleiben, findest du das Lösungswort.

1 = r, 2, 4, 5

une o l i v e

1 = g, 3, 5

une m o u l e

1, 4, 5

un v e r r e

Lösungswort: r i g o l e r

3 = u, 4, 5, 6, 7

un f r o m a g e

1, 2

du l a i t

Lösungswort: un f r u i t

1 = l, 3

un œ u f

1, 2, 3, 5, 6

la v i a n d e

1, 2, 3, 4

le s u c r e

Lösungswort: la l u n e

Wortschatz

74 Was gehört zusammen?

Diese Bezeichnungen bestehen immer aus mehreren Wörtern. Verbinde, was zusammengehört.

plat

de

déjeuner

plat

terre

principal

préféré

petit

pomme

rince-

doigts

75 Lasst uns zusammen essen!

Verbinde die Fragen mit den passenden Antworten.

Qui va faire la cuisine?

Qu'est-ce qu'on fait comme dessert?

On fait aussi un gâteau?

Tu vas chercher des baguettes à la boulangerie?

Il faut deux bouteilles de coca et de l'eau minérale. Qu'est-ce que tu en penses ?

Non, j'ai acheté du pain hier.

Moi, je vais préparer une salade.

Je propose de la mousse au chocolat.

C'est une bonne idée.

Oui, pourquoi pas. Et pour les enfants, on achète du chocolat.

4

74 Was gehört zusammen?

Diese Bezeichnungen bestehen immer aus mehreren Wörtern. Verbinde, was zusammengehört.

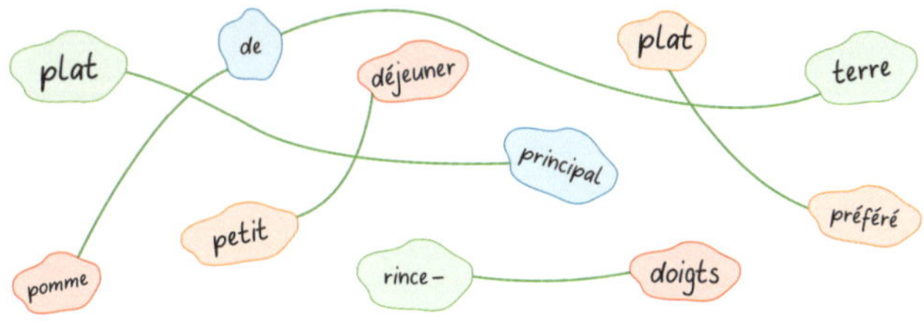

75 Lasst uns zusammen essen!

Verbinde die Fragen mit den passenden Antworten.

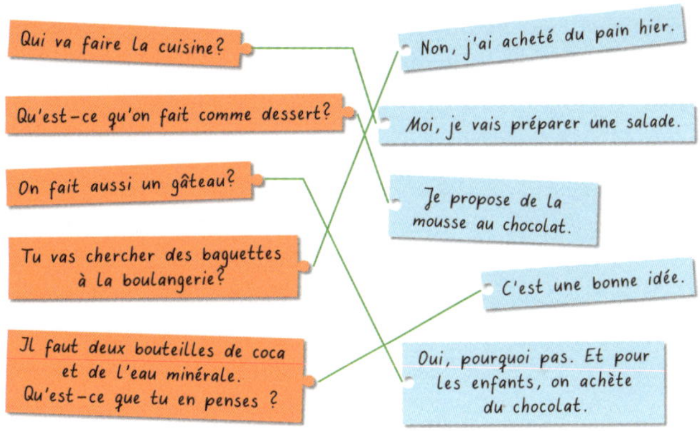

76 Gegensätze ziehen sich an

Verbinde jedes Wort mit seinem Gegenteil.

seul
gratuit
un dessert
toujours
demain matin
hier soir
cent euros
une entrée
ne ... jamais
grave
drôle
ensemble

77 Reimpaare

Finde die passenden Reimwörter.

une boisson – un sau _ _ _ _ _ _

l'entrée – le pe _ _ _ _ _ _ _ _ _ _ _

préférer – es _ _ _ _ _

une pomme de terre – un de _ _ _ _ _

un fruit – gr _ _ _ _ _

une cuillère – un v _ _ _ _

J'ai faim!

Je veux du p _ _ _.

4

76 Gegensätze ziehen sich an

Verbinde jedes Wort mit seinem Gegenteil.

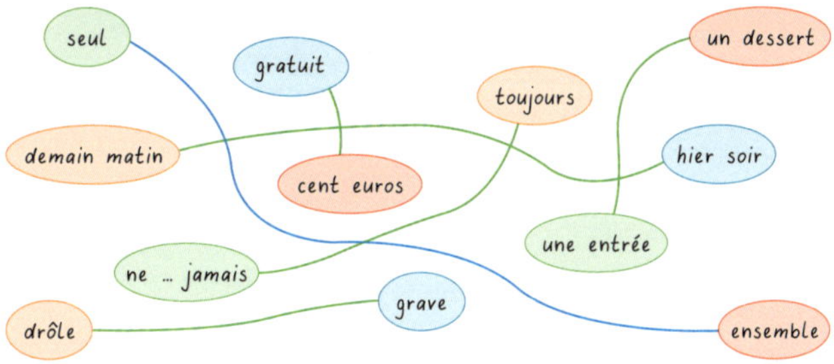

77 Reimpaare

Finde die passenden Reimwörter.

une boisson – un sau c i s s o n

l'entrée – le pe t i t d é j e u n e r

préférer – es p é r e r

une pomme de terre – un de s s e r t

un fruit – gr a t u i t

une cuillère – un v e r r e

J'ai faim!
Je veux du p a i n .

Wortschatz

78 Was sagt Moustique?

Wenn du die Sätze in die richtige Reihenfolge bringst, findest du mit den Buchstaben in den Kreisen die richtige Lösung.

- ◯ Vous en voulez combien? n
- ◯ Au revoir et bonne journée. e
- ◯ C'est tout, merci! Ça fait combien? s
- ◯ Bonjour, madame. Vous désirez? f
- ◯ Merci, madame. g
- ◯ J'en prends un kilo. t
- ◯ Merci! Au revoir. u
- ◯ Un kilo de pommes de terre, voilà. Et avec ça? a
- ◯ Voilà 2 euros 50. i
- ◯ Bonjour. Je voudrais des pommes de terre. a
- ◯ Ça fait 2 euros 50, s'il vous plaît. t

C'est

__ __ __ __ __ __ __ __ __ __ __ !
1 2 3 4 5 6 7 8 9 10 11

79 Welche Verbform stimmt?

Mit dem Buchstaben vor der richtigen Form findest du das Lösungswort.

b	je paie	l	je paye
i	tu payes	e	tu paies
t	il/elle/on paye	u	il/elle/on paie
r	nous payons	u	nous paions
r	vous payez	e	vous paiez
s	ils/elles payent	e	ils/elles paient

Lösungswort:

le __ __ __ __ __ __

4

78 Was sagt Moustique?

Wenn du die Sätze in die richtige Reihenfolge bringst, findest du mit den Buchstaben in den Kreisen die richtige Lösung.

(3) Vous en voulez combien? (n)
(11) Au revoir et bonne journée. (e)
(6) C'est tout, merci! Ça fait combien? (s)
(1) Bonjour, madame. Vous désirez? (f)
(9) Merci, madame. (q)
(4) J'en prends un kilo. (t)
(10) Merci! Au revoir. (u)
(5) Un kilo de pommes de terre, voilà. Et avec ça? (a)
(8) Voilà 2 euros 50. (i)
(2) Bonjour. Je voudrais des pommes de terre. (a)
(7) Ça fait 2 euros 50, s'il vous plaît. (t)

C'est f(1) a(2) n(3) t(4) a(5) s(6) t(7) i(8) q(9) u(10) e(11) !

79 Welche Verbform stimmt?

Mit dem Buchstaben vor der richtigen Form findest du das Lösungswort.

(b) je paie	(l) je paye
(i) tu payes	(e) tu paies
(t) il/elle/on paye	(u) il/elle/on paie
(r) nous payons	(u) nous paions
(r) vous payez	(e) vous paiez
(s) ils/elles payent	(e) ils/elles paient

Lösungswort:

le b e u r r e

Wortschatz: einkaufen
Das Verb *payer*

80 Wörterketten

Welche Buchstaben verbinden die Wörter? Füge sie in die grünen Kreise ein.

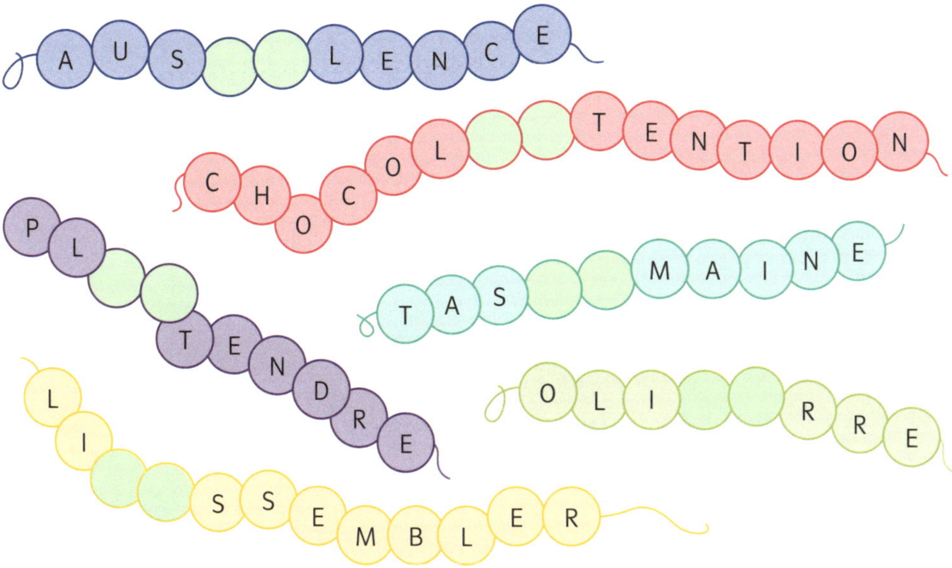

81 Was passt hier nicht?

Finde den Eindringling, der nicht in die Reihe passt.

le kilo – le gramme – gratuit – le litre

l'huile – l'eau minérale – le coca – le jus de pomme

une pomme – une orange – un citron – un plat

le yaourt – le lait – le fromage – le saucisson

faire les courses – acheter – payer – espérer

préparer une salade – goûter – fou – reprendre

4

80 Wörterketten

Welche Buchstaben verbinden die Wörter? Füge sie in die grünen Kreise ein.

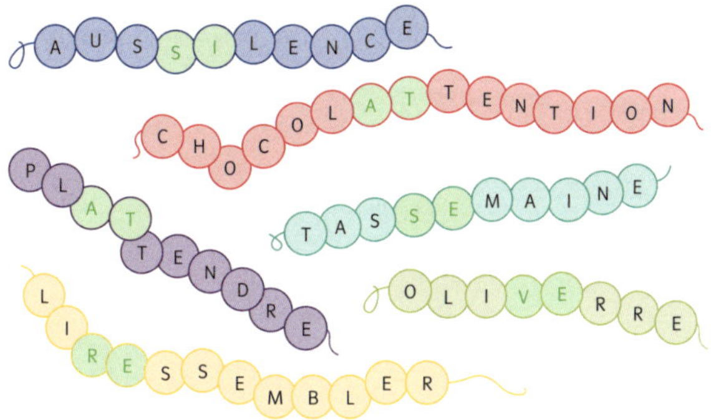

81 Was passt hier nicht?

Finde den Eindringling, der nicht in die Reihe passt.

le kilo – le gramme – ~~gratuit~~ – le litre

~~l'huile~~ – l'eau minérale – le coca – le jus de pomme

une pomme – une orange – un citron – ~~un plat~~

le yaourt – le lait – le fromage – ~~le saucisson~~

faire les courses – acheter – payer – ~~espérer~~

préparer une salade – goûter – ~~fou~~ – reprendre

Wortschatz

82 Finde den Eindringling!

Welches Verb passt nicht in die Reihe?

je veux | vous voulez | nous venons | ils veulent

nous ont écouté | je suis parti | tu es venu | il est arrivé

nous avons cherché | tu as vu | il a attendu | elle est allée

il est descendu | il est venu | elle est rentrée | il est arrivé

venir | changer | aller | tomber

vouloir | pouvoir | aimer | savoir

83 Versteckte Verben

Sechs Verbformen haben sich hier versteckt. Findest du sie?

V	V	E	I	V	E	U	X
U	E	R	A	S	U	L	R
T	N	U	O	P	V	G	B
I	E	T	L	L	I	S	U
R	Z	R	Z	E	E	U	V
E	I	O	U	U	N	N	O
R	U	A	T	S	S	T	N
P	E	U	T	U	V	A	S

ich will ____________

du kommst ____________

sie kann ____________

wir trinken ____________

ihr kommt ____________

sie wollen ____________

LÖSUNGEN

82 Finde den Eindringling!

Welches Verb passt nicht in die Reihe?

je veux | vous voulez | ~~nous venons~~ | ils veulent

~~nous ont écouté~~ | je suis parti | tu es venu | il est arrivé

nous avons cherché | tu as vu | il a attendu | ~~elle est allée~~

il est descendu | il est venu | ~~elle est rentrée~~ | il est arrivé

venir | ~~changer~~ | aller | tomber

vouloir | pouvoir | ~~aimer~~ | savoir

83 Versteckte Verben

Sechs Verbformen haben sich hier versteckt. Findest du sie?

V	V	E	I	V	E	U	X
U	E	R	A	S	U	L	R
T	N	U	O	P	V	G	B
I	E	T	L	L	I	S	U
R	Z	R	Z	E	E	U	V
E	I	O	U	U	N	N	O
R	U	A	T	S	S	T	N
P	E	U	T	U	V	A	S

ich will — je veux

du kommst — tu viens

sie kann — elle peut

wir trinken — nous buvons

ihr kommt — vous venez

sie wollen — ils veulent

Das *Passé composé* mit être
Verben

84 Was braucht Moustique für seinen Salat?

Finde die richtigen Verben und notiere dann das Lösungswort.

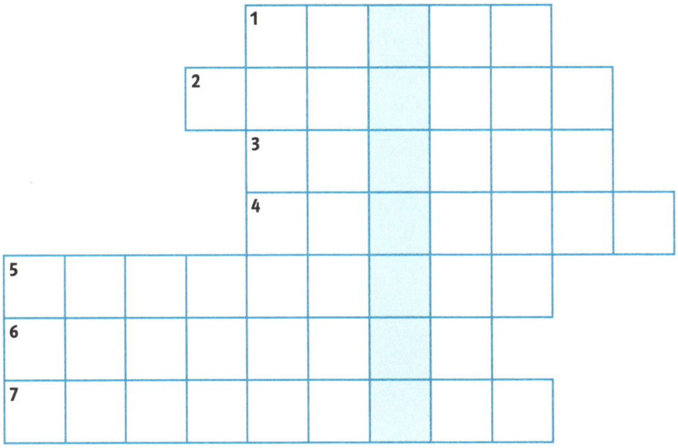

1 aufschreiben
2 lachen
3 fallen
4 ändern
5 gratulieren
6 vorschlagen
7 organisieren

Moustique veut faire une salade avec des __ __ __ __ __ __ __ .

85 *De* oder *du*?

Kreuze die richtige Antwort an.

Je prends
- ☐ de jus de pomme.
- ☐ du jus de pomme.

Lena préfère
- ☐ de l'eau.
- ☐ d'eau.

Est-ce qu'il y a encore
- ☐ de pain?
- ☐ du pain?

Alex veut un peu
- ☐ du yaourt.
- ☐ de yaourt.

Il a bu une
- ☐ tasse de café.
- ☐ tasse du café.

LÖSUNGEN

Plateau 2

84 Was braucht Moustique für seinen Salat?

Finde die richtigen Verben und notiere dann das Lösungswort.

1					N	O	T	E	R		
2				R	I	G	O	L	E	R	
3					T	O	M	B	E	R	
4					C	H	A	N	G	E	R
5	F	É	L	I	C	I	T	E	R		
6	P	R	O	P	O	S	E	R			
7	O	R	G	A	N	I	S	E	R		

1 aufschreiben
2 lachen
3 fallen
4 ändern
5 gratulieren
6 vorschlagen
7 organisieren

Moustique veut faire une salade avec des t o m a t e s.

85 *De* oder *du*?

Kreuze die richtige Antwort an.

Je prends
- ☐ de jus de pomme.
- ☑ du jus de pomme.

Lena préfère
- ☑ de l'eau.
- ☐ d'eau.

Est-ce qu'il y a encore
- ☐ de pain?
- ☑ du pain?

Alex veut un peu
- ☐ du yaourt.
- ☑ de yaourt.

Il a bu une
- ☑ tasse de café.
- ☐ tasse du café.

Verben
Teilungsartikel, Mengenangaben

86 Was findet in der Vergangenheit statt?

*Welche Sätze stehen im **Passé composé**? Aus den Buchstaben hinter den richtigen Sätzen kannst du das Lösungswort bilden.*

Les filles sont allées au cinéma. (a)

Léo est arrivé en retard. (e)

Alex a voulu prendre des photos. (n)

Elle a bu un litre de coca. (s)

Les profs sont aussi venus pour la petite fête. (j)

Sasha propose de jouer au foot. (u)

Il faut tout préparer. (p)

Lösung: des _ _ _ _ _

87 Was mag Moustique?

*Ergänze die Verben im **Passé composé** und finde das Lösungswort.*

Nous _ _ _ _ _ _ _ _ _ _ $_1$ _ _ au marché. gehen

Elle _ _ _ _ _ _ _ $_2$ _ _ _ _ en retard. ankommen

Ils ont fait les courses et après,

ils _ _ _ _ _ _ $_3$ _ _ _ _ _ _ _ à la maison. zurückkommen

Léo _ _ _ _ _ $_4$ _ _ _ _ à la maison avec Malabar. bleiben

Moustique aime _ _ _ _ (1 2 3 4).

Das *Passé composé*
Das *Passé composé* mit *être*

86 Was findet in der Vergangenheit statt?

Welche Sätze stehen im Passé composé? Aus den Buchstaben hinter den richtigen Sätzen kannst du das Lösungswort bilden.

Les filles sont allées au cinéma. (a) *Léo est arrivé en retard.* (e)

Alex a voulu prendre des photos. (n) *Elle a bu un litre de coca.* (s)

Les profs sont aussi venus pour la petite fête. (j)

Sasha propose de jouer au foot. (u)

Il faut tout préparer. (p)

Lösung: des j e a n s

87 Was mag Moustique?

Ergänze die Verben im Passé composé und finde das Lösungswort.

Nous s o m m e s a l l(1) e s au marché. *gehen*

Elle e s t a r r i(2) v é e en retard. *ankommen*

Ils ont fait les courses et après,

ils s o n t r(3) e v e n u s à la maison. *zurückkommen*

Léo e s t r e(4) s t é à la maison avec Malabar. *bleiben*

Moustique aime l(1) i(2) r(3) e(4) .

Das *Passé composé*
Das *Passé composé* mit *être*

88 Mädelsabend

Vervollständige die Sätze.

Lola: Je suis très contente! Vous ê __ __ __ ven __ __ __ pour mon anniversaire!

Amélie: Alice __ pro__ __ s __ de faire la cuisine.

Alice: Oui, on va pré __ __ __ __ __ une salade. J'__ __ ac __ __ __ __ aussi des tomates.

Zoé: Je __ __ __ __ al __ __ __ au supermarché avec Amélie et nous __ __ __ __ __ t r__ __ __ __ un très bon dessert avec du chocolat.

89 Richtig oder falsch?

Wenn du richtig antwortest, kannst du mit den Buchstaben das Lösungswort bilden.

	richtig	falsch
Die sogenannten Verben der Bewegungsrichtung werden im ***Passé composé*** mit ***avoir*** gebildet.	d	(p)
Bei den Verben, die im ***Passé composé*** mit ***être*** gebildet werden, muss angeglichen werden.	a	o
Der Teilungsartikel ist ***de* + Nomen**.	v	r
Il faut ist ein unpersönlicher Ausdruck und bedeutet in Verbindung mit einem Nomen: „Man braucht / benötigt".	t	a
Nach Mengenangaben wie z. B. ***kilo***, ***gramme***, ***litre***, etc. steht immer ***des*** vor dem Nomen.	u	i
Das Pronomen ***en*** vertritt Ergänzungen mit ***à***.	e	r

Moustique va __ __ __ __ __ __ en vacances!

88 Mädelsabend

Vervollständige die Sätze.

Lola: Je suis très contente! Vous ê t e s ven u e s pour mon anniversaire!

Amélie: Alice a pro p o s é de faire la cuisine.

Alice: Oui, on va pré p a r e r une salade. J'a i ac h e t é aussi des tomates.

Zoé: Je s u i s al l é e au supermarché avec Amélie et nous a v o n s t r o u v é un très bon dessert avec du chocolat.

89 Richtig oder falsch?

Wenn du richtig antwortest, kannst du mit den Buchstaben das Lösungswort bilden.

	richtig	falsch
Die sogenannten Verben der Bewegungsrichtung werden im ***Passé composé*** mit ***avoir*** gebildet.	d	(p)
Bei den Verben, die im ***Passé composé*** mit ***être*** gebildet werden, muss angeglichen werden.	a	o
Der Teilungsartikel ist ***de* + Nomen**.	v	r
Il faut ist ein unpersönlicher Ausdruck und bedeutet in Verbindung mit einem Nomen: „Man braucht / benötigt".	t	a
Nach Mengenangaben wie z. B. ***kilo***, ***gramme***, ***litre***, etc. steht immer ***des*** vor dem Nomen.	u	i
Das Pronomen ***en*** vertritt Ergänzungen mit ***à***.	e	r

Moustique va p a r t i r en vacances!

Das *Passé composé*
Grammatik

90 Wörter-Looping

Welche Wörter kannst du aus den Buchstaben bilden? Das I in der Mitte muss in jedem Wort enthalten sein.

____

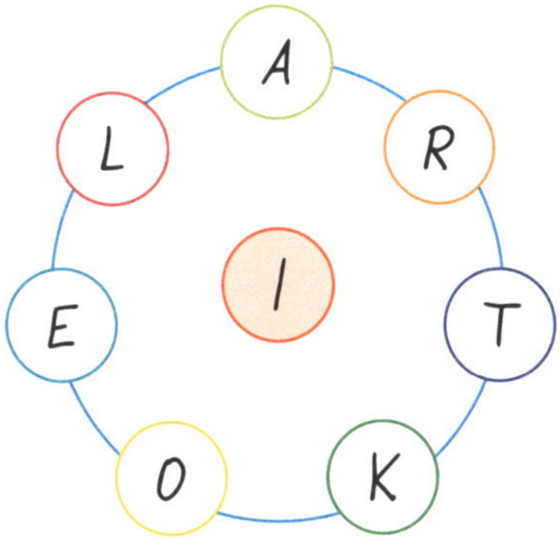

__________ __________

__________ __________

91 Lena lädt ein

Ergänze die fehlenden Wörter.

Tu veux goûter du __________ ?
MAOGREF

Merci, je n'ai __________ faim.
ULSP

Tu me passes la __________ , s'il te plaît?
GEATUTBE

Oui, __________.
OÀVLI

Tu veux __________ de la salade?
CNOEER

Oui, elle est __________ bonne.
RSTÈ

Comme dessert, tu veux du gâteau ou des __________?
IUSRTF

Je __________ du gâteau, s'il te plaît.
DUASORVI

LÖSUNGEN

Plateau 2

90 Wörter-Looping

Welche Wörter kannst du aus den Buchstaben bilden? Das I in der Mitte muss in jedem Wort enthalten sein.

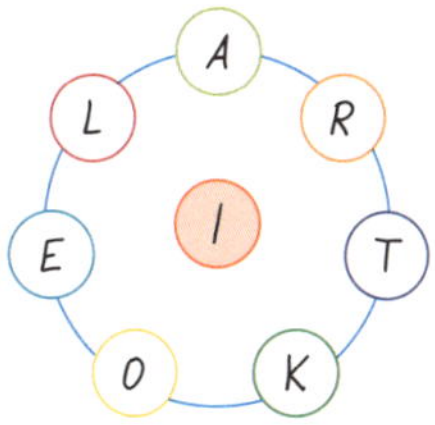

kilo · toi · il · lait · litre

91 Lena lädt ein

Ergänze die fehlenden Wörter.

Tu veux goûter du fromage ? (MAOGREF)
Merci, je n'ai plus faim. (ULSP)

Tu me passes la baguette, s'il te plaît? (GEATUTBE)
Oui, voilà. (OÀVLI)

Tu veux encore de la salade? (CNOEER)
Oui, elle est très bonne. (RSTÈ)

Comme dessert, tu veux du gâteau ou des fruits? (IUSRTF)
Je voudrais du gâteau, s'il te plaît. (DUASORVI)

Wortschatz

92 Wie viel ist das?

Rechne und schreibe die Ergebnisse auf.

quatre-vingt + quarante = 120

trente-cinq + cinquante-cinq = ____

quatre-vingt-dix + soixante-trois = ____

deux-cent-quinze + soixante-et-onze = ____

cent-vingt-trois + soixante-treize = ____

trois-mille-cinq-cent-quatorze + mille-six-cent-trente = ____

93 Satzgitter

Welcher Satz hat sich hier versteckt?

→ L	É	O	E	A	L
R	A	M	T	T	L
I	E	S	O	N	É
L	O	C	U	A	S
L	È	G	E	E	N
← E	L	B	M	E	S

Léo ____________________________________

LÖSUNGEN

Plateau 2

92 Wie viel ist das?

Rechne und schreibe die Ergebnisse auf.

quatre-vingt + quarante = 120

trente-cinq + cinquante-cinq = 90

quatre-vingt-dix + soixante-trois = 153

deux-cent-quinze + soixante-et-onze = 286

cent-vingt-trois + soixante-treize = 196

trois-mille-cinq-cent-quatorze + mille-six-cent-trente = 5144

93 Satzgitter

Welcher Satz hat sich hier versteckt?

L	É	O	E	A	L
R	A	M	I	T	L
I	E	S	O	N	É
L	O	C	U	A	S
L	È	G	E	E	N
E	L	B	M	E	S

Léo et Marie sont allés au collège ensemble.

Zahlen
Wortschatz

94 Was sagt Moustique?

Die Buchstaben für das Lösungswort findest du in den rosafarbenen Kästchen.

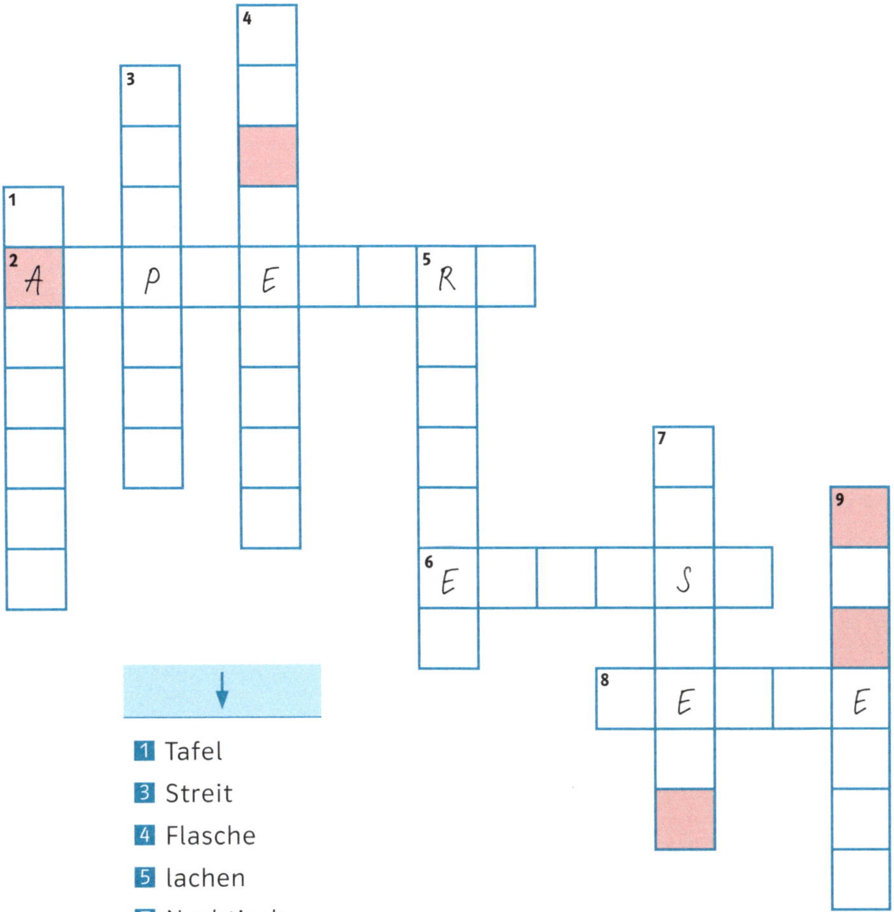

↓

1 Tafel
3 Streit
4 Flasche
5 lachen
7 Nachtisch
9 Stille

→

2 lernen
6 Referat
8 Glas

LÖSUNGEN

Plateau 2

94 Was sagt Moustique?

Die Buchstaben für das Lösungswort findest du in den rosafarbenen Kästchen.

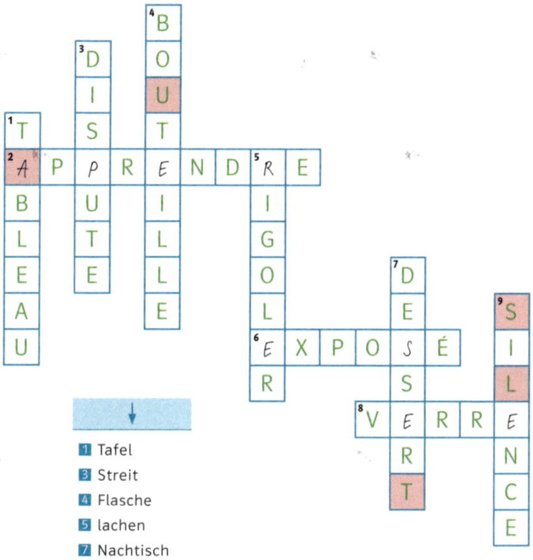

↓

1 Tafel
3 Streit
4 Flasche
5 lachen
7 Nachtisch
9 Stille

→

2 lernen
6 Referat
8 Glas

Wortschatz

95 Vokalpaare

Ergänze die fehlenden Vokale.

une ass __ __ tte

un d __ __ gt

une c __ __ llère

p __ __ voir

un surv __ __ llant

faire la c __ __ sine

grat __ __ t

le ya __ __ rt

la v __ __ nde

il f __ __ t

96 [ɥi] wie in *lui!*

Wie sprichst du die Wörter aus? Kreuze alle Wörter an, in denen der Laut [ɥi] vorkommt.

	[ɥi]
la vie	
un fruit	
un bruit	
Vas-y!	
une cuisine	
sûr	
une cuillère	
le guide	
la nuit	
plutôt	
quitter	

LÖSUNGEN

Plateau 2

95 Vokalpaare

Ergänze die fehlenden Vokale.

une ass _i_ _e_ tte

un d _o_ _i_ gt

une c _u_ _i_ llère

p _o_ _u_ voir

un surv _e_ _i_ llant

faire la c _u_ _i_ sine

grat _u_ _i_ t

le ya _o_ _u_ rt

la v _i_ _a_ nde

il f _a_ _u_ t

96 [ɥi] wie in *lui!*

Wie sprichst du die Wörter aus? Kreuze alle Wörter an, in denen der Laut [ɥi] vorkommt.

	[ɥi]
la vie	
un fruit	✗
un bruit	✗
Vas-y!	
une cuisine	✗
sûr	
une cuillère	✗
le guide	
la nuit	✗
plutôt	
quitter	

Wortschatz
Aussprache

97 Das Verb *dire*

Vervollständige die Formen.

je di ________

tu di ________

il/elle/on di ________

nous di ________

vous di ________

ils/elles di ________

j'ai di ________

98 Versteckte Sätze

Einige Buchstaben stören in den Wörterschlangen. Wenn du diese weglässt, findest du sinnvolle Sätze. Schreibe die Sätze auf.

Jejklt'poaidevisilemetuhezveux.

____

Jehdgsfvousfginvitekpourdäfêterqüämontxanniversaire.

____

Jliuenouspoancécrituiruneascartetupostale.

____

Hier,ioileuom'datrtéléphoné.

____

5

97 Das Verb *dire*

Vervollständige die Formen.

je di s

il/elle/on di t

vous di tes

tu di s

nous di sons

ils/elles di sent

j'ai di t

98 Versteckte Sätze

Einige Buchstaben stören in den Wörterschlangen. Wenn du diese weglässt, findest du sinnvolle Sätze. Schreibe die Sätze auf.

Jejklt'poaidevisilemetuhezveux.

Je t'aide si tu veux.

Jehdgsfvousfginvitekpourdâfêterqûâmontxanniversaire.

Je vous invite pour fêter mon anniversaire.

Jliuenouspoancécrituiruneascartetupostale.

Il nous a écrit une carte postale.

Hier,ioileuom'datrtéléphoné.

Hier, il m' a téléphoné.

Das Verb *dire*
Die Objektpronomen *me, te, nous, vous*

! Die direkten **Objektpronomen** lauten im Singular ***me / m'***, ***te / t'***, ***le / la / l'*** und im Plural ***nous***, ***vous***, ***les***.

99 Durcheinandergewirbelt!

Bringe die Satzelemente einer Farbe in die richtige Reihenfolge.

Alex · pas · un bouchon · la radio. · demande · mettre · pendant · les animaux. · dit · s'ils · aiment · Le monsieur · qu' · Les vacances. · est · ~~explique~~ · n' · ~~M. Guibert~~ · normal · peuvent · qu'ils

M. Guibert ______________________________

____

____

100 Mathe für Moustique

*Hilf Moustique beim Rechnen. Wie oft musst du **que** und **si** in den Sätzen verwenden? Setze die Zahlen so ein, dass die Rechnung stimmt.*

que/qu'	si

Jérôme dit ________ ce n'est pas juste.

Mme Guibert veut savoir ________ Alex et Jérôme discutent encore.

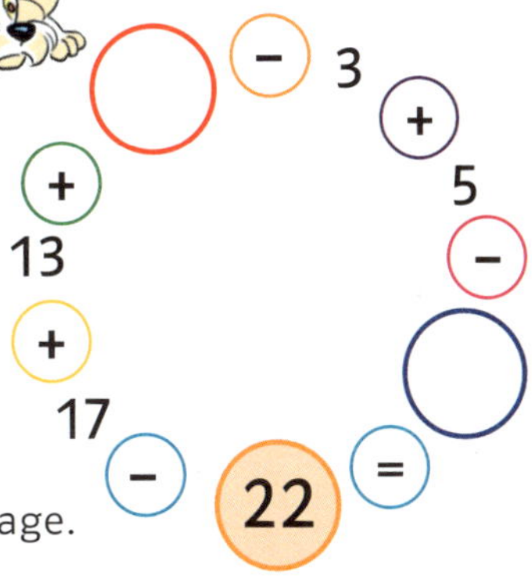

Il pense ________ c'est une bonne idée.

Alex demande ________ elle peut faire de la plongée à la plage.

Ils pensent ________ il fait trop chaud pour Malou à la plage.

M. Guibert dit ________ il veut visiter Saint-Malo.

5

99 Durcheinandergewirbelt!

Bringe die Satzelemente einer Farbe in die richtige Reihenfolge.

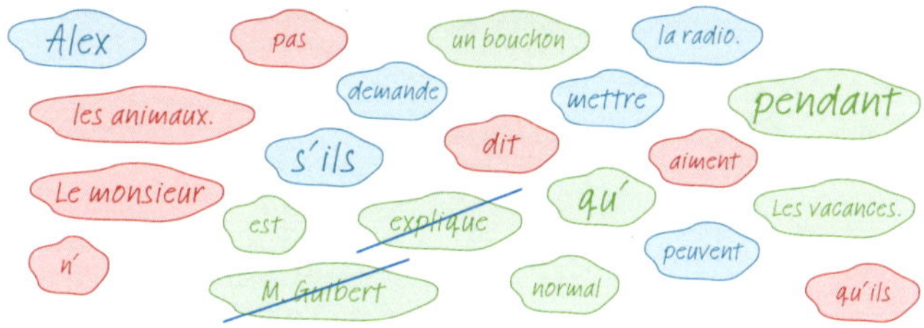

M. Guibert explique qu' un bouchon est normal pendant les vacances.

Alex demande s'ils peuvent mettre la radio.

Le monsieur dit qu'ils n'aiment pas les animaux.

100 Mathe für Moustique

*Hilf Moustique beim Rechnen. Wie oft musst du **que** und **si** in den Sätzen verwenden? Setze die Zahlen so ein, dass die Rechnung stimmt.*

que/qu'	si
4	2

Jérôme dit que ce n'est pas juste.

Mme Guibert veut savoir si Alex et Jérôme discutent encore.

Il pense que c'est une bonne idée.

Alex demande si elle peut faire de la plongée à la plage.

Ils pensent qu' il fait trop chaud pour Malou à la plage.

M. Guibert dit qu' il veut visiter Saint-Malo.

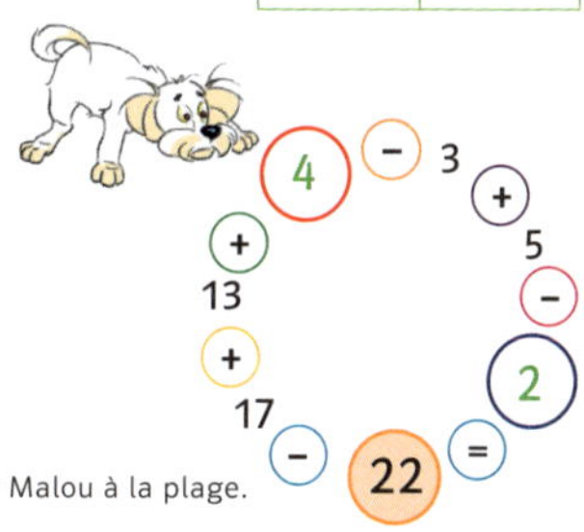

Die indirekte Rede

! Die **indirekte Rede** wird durch die Konjunktion ***que / qu'*** eingeleitet, die **indirekte Frage** durch ***si*** (ob) oder ***où*** (wo).

101 Achtung Angleichung!

Was ist richtig? Kreuze an.

Les cartes postales? Nous les avons déjà
- ☐ écrit.
- ☐ écrite.
- ☐ écrits.
- ☐ écrites.

Nous n'avons pas connu la région. Nous l'avons
- ☐ visité
- ☐ visitée
- ☐ visités
- ☐ visitées

pour la première fois.

Ah, Moustique – il est là. Je l'ai
- ☐ cherché.
- ☐ cherchée.
- ☐ cherchés.
- ☐ cherchées.

La dune du Pilat? Nous l'avons
- ☐ trouvé
- ☐ trouvée
- ☐ trouvés
- ☐ trouvées

super.

Maman nous a
- ☐ attendu
- ☐ attendue
- ☐ attendus
- ☐ attendues

à la plage.

5

101 Achtung Angleichung!

Was ist richtig? Kreuze an.

Les cartes postales? Nous les avons déjà
- ☐ écrit.
- ☐ écrite.
- ☐ écrits.
- ☑ écrites.

Nous n'avons pas connu la région. Nous l'avons … pour la première fois.
- ☐ visité
- ☑ visitée
- ☐ visités
- ☐ visitées

Ah, Moustique – il est là. Je l'ai
- ☑ cherché.
- ☐ cherchée.
- ☐ cherchés.
- ☐ cherchées.

La dune du Pilat? Nous l'avons … super.
- ☐ trouvé
- ☑ trouvée
- ☐ trouvés
- ☐ trouvées

Maman nous a … à la plage.
- ☐ attendu
- ☐ attendue
- ☑ attendus
- ☐ attendues

Objektpronomen: Angleichung im *Passé composé*

102 Wo gehören sie hin?

Füge die Objektpronomen an der richtigen Stelle ein.

nous · les · le · vous · t' · l'

Le phare du Cap Ferret? Nous ________ visitons ________ aujourd'hui.

La carte postale? Je ________ envoie ________ à mamie et papi.

Je ________ peux ________ aider.

Les fruits de mer*? Je ________ voudrais ________ goûter.

Nous ________ écoutons ________.

Est-ce que tu ________ peux ________ montrer les photos?

*Meeresfrüchte

103 Wörterwirrwarr

Finde die Wörter, die sich hier versteckt haben, und setze sie in den Sätzen ein.

↑	S	E	R	E	M	R	↓
R	S	A	Y	E	R	E	
E	E	R	A	H	P	G	P
U	M	U	S	É	E	A	L
O	T	Î	O	I	R	N	A
J	E	G	N	G	É	E	G

Quand il fait beau, on peut aller à la ________. On peut ________ dans la ________, faire du sport comme par exemple ________ le skim.

Quand il pleut, on peut visiter le ________ du Cap Ferret ou „La Ville d'Hiver", aller dans un ________ – tout pour connaître la ________! Ou on reste au ________ et on lit. On peut aussi ________ aux cartes ensemble.

5

102 Wo gehören sie hin?

Füge die Objektpronomen an der richtigen Stelle ein.

nous · les · le · vous · t' · l'

Le phare du Cap Ferret? Nous le visitons - aujourd'hui.

La carte postale? Je l' envoie - à mamie et papi.

Je - peux t' aider.

Les fruits de mer*? Je - voudrais les goûter.

Nous vous écoutons - .

Est-ce que tu - peux nous montrer les photos?

*Meeresfrüchte

103 Wörterwirrwarr

Finde die Wörter, die sich hier versteckt haben, und setze sie in den Sätzen ein.

	S	E	R	E	M	R	
R	S	A	Y	E	R	E	
E	E	R	A	H	P	G	P
U	M	U	S	É	E	A	L
O	T	Î	O	I	R	N	A
G	E	G	N	G	E	E	G

Quand il fait beau, on peut aller à la plage . On peut nager dans la mer , faire du sport comme par exemple essayer le skim.

Quand il pleut, on peut visiter le phare du Cap Ferret ou „La Ville d'Hiver", aller dans un musée – tout pour connaître la région ! Ou on reste au gîte et on lit. On peut aussi jouer aux cartes ensemble.

Objektpronomen: Stellung im Satz
Wortschatz

104 Noch mehr Mathe

Setze die Objektpronomen ein. Wenn du es richtig machst, stimmt Moustiques Matheaufgabe.

le	= 2
la	= 4
l'	= 6
les	= 8

Tu cherches Malou? – Oui, je (2) le _____ cherche.

Tu as vu Alex? – Non, je ne ( ) _____ ai pas vue.

Vous aimez la mer? – Oui, nous ( ) _____ aimons beaucoup!

Vous avez vu les grands bateaux? – Oui, nous ( ) _____ avons vus.

Est-ce que tu vas écrire des cartes postales à tes copains?
– Oui, je vais ( ) _____ écrire demain.

Est-ce que tu peux prendre la valise?
– Oui, je ( ) _____ prends.

(2) + ( ) + ( ) + ( ) + ( ) + ( ) = (34)

105 Was ist gemeint?

Schreibe auf, für welche Wörter die Objektpronomen stehen. Denke auch an die Artikel. Die Angaben in den Kreisen helfen dir.

ball · jar · din · va · un · on · sab · le · des · lise · un · wichs · une · sand · le

Les Guibert **les** mangent quand ils font une pause. → _______________

Je **la** prends pour un voyage pour mes affaires et mes vêtements. → _______________

Jérôme **le** lance quand il joue avec Alex à la plage. → _______________

On **le** trouve derrière des maisons. Là il y a souvent des arbres. → _______________

On **le** trouve à la plage et il est jaune. → _______________

5

104 Noch mehr Mathe

Setze die Objektpronomen ein. Wenn du es richtig machst, stimmt Moustiques Matheaufgabe.

le	=	2
la	=	4
l'	=	6
les	=	8

Tu cherches Malou? – Oui, je (2) le cherche.

Tu as vu Alex? – Non, je ne (6) l' ai pas vue.

Vous aimez la mer? – Oui, nous (6) l' aimons beaucoup!

Vous avez vu les grands bateaux? – Oui, nous (8) les avons vus.

Est-ce que tu vas écrire des cartes postales à tes copains?
– Oui, je vais (8) les écrire demain.

Est-ce que tu peux prendre la valise?
– Oui, je (4) la prends.

2 + 6 + 6 + 8 + 8 + 4 = 34

105 Was ist gemeint?

Schreibe auf, für welche Wörter die Objektpronomen stehen. Denke auch an die Artikel. Die Angaben in den Kreisen helfen dir.

ball jar din va un on sab le
des lise un wichs une sand le

Les Guibert **les** mangent quand ils font une pause. → des sandwichs

Je **la** prends pour un voyage pour mes affaires et mes vêtements. → une valise

Jérôme **le** lance quand il joue avec Alex à la plage. → un ballon

On **le** trouve derrière des maisons. Là il y a souvent des arbres. → un jardin

On **le** trouve à la plage et il est jaune. → le sable

Die direkten Objektpronomen *le, la, les*

106 Familie Guibert fährt in die Ferien

Bringe die Geschichte in die richtige Reihenfolge und du findest die Lösung.

- ◯ Mme Guibert propose de faire une pause. p
- (1) Les Guibert arrivent au péage. Il y a un bouchon. d
- ◯ Il fait très chaud et Jérôme met Malou sous un arbre. t
- ◯ Ouh là là, ils ont oublié Malou! t
- ◯ Après la pause, la famille monte dans la voiture. e
- ◯ Alex veut mettre la radio, mais Jérôme veut écouter de la musique avec son baladeur mp3. i
- ◯ Ils arrivent à une aire de repos et mangent leurs sandwichs. u
- ◯ Alex chante parce qu'elle aime la chanson de Nolwenn Leroy à la radio. Ça énerve Jérôme. s
- ◯ Un monsieur arrive qui est très en colère. n

Jérôme et Alex se __ __ __ __ __ __ __ __ __ parfois,
(1 2 3 4 5 6 7 8 9)
mais c'est normal entre frères et sœurs.

5

106 Familie Guibert fährt in die Ferien

Bringe die Geschichte in die richtige Reihenfolge und du findest die Lösung.

(4) Mme Guibert propose de faire une pause. *p*

(1) Les Guibert arrivent au péage. Il y a un bouchon. *d*

(6) Il fait très chaud et Jérôme met Malou sous un arbre. *t*

(9) Ouh là là, ils ont oublié Malou! *t*

(7) Après la pause, la famille monte dans la voiture. *e*

(2) Alex veut mettre la radio, mais Jérôme veut écouter de la musique avec son baladeur mp3. *i*

(5) Ils arrivent à une aire de repos et mangent leurs sandwichs. *u*

(3) Alex chante parce qu'elle aime la chanson de Nolwenn Leroy à la radio. Ça énerve Jérôme. *s*

(8) Un monsieur arrive qui est très en colère. *n*

Jérôme et Alex se d(1) i(2) s(3) p(4) u(5) t(6) e(7) n(8) t(9) parfois, mais c'est normal entre frères et sœurs.

Wortschatz

107 Vokalpaare

Ergänze die richtigen Vokale. Manche kannst du doppelt einsetzen.

tout de s __ __ te

le b __ __ chon

une p __ __ se

deb __ __ t

la rég __ __ n

l' __ __ tomne

une __ __ re de repos

le drape __ __

le sol __ __ l

une err __ __ r

108 Frage und Antwort

Welche Antwort gehört zu welcher Frage?

Est-ce que vous allez passer vos vacances à la montagne?

Quel temps est-ce qu'il fait là-bas?

Vous allez dans un hôtel?

Qu'est-ce qu'on peut faire à Arcachon?

Qu'est-ce que tu trouves intéressant à Arcachon?

La dune du Pilat m'intéresse beaucoup.

Non, nous allons dans un gîte.

Non, au bord de la mer.

En été, il fait très beau.

On peut visiter Bordeaux et surtout aller à la plage.

5

107 Vokalpaare

Ergänze die richtigen Vokale. Manche kannst du doppelt einsetzen.

tout de s u i te

le b o u chon

une p a u se

deb o u t

la rég i o n

l' a u tomne

une a i re de repos

le drape a u

le sol e i l

une err e u r

108 Frage und Antwort

Welche Antwort gehört zu welcher Frage?

Est-ce que vous allez passer vos vacances à la montagne?	Non, au bord de la mer.
Quel temps est-ce qu'il fait là-bas?	En été, il fait très beau.
Vous allez dans un hôtel?	Non, nous allons dans un gîte.
Qu'est-ce qu'on peut faire à Arcachon?	On peut visiter Bordeaux et surtout aller à la plage.
Qu'est-ce que tu trouves intéressant à Arcachon?	La dune du Pilat m'intéresse beaucoup.

Wortschatz

109 Verben über Verben!

Notiere die Verben an der richtigen Stelle.

↓

1 mitnehmen, wegtragen
2 interessieren
3 versuchen

→

4 gefallen
5 werfen
6 lassen
7 schicken

110 Badespaß

*Moustique spritzt alles nass! Erkennst du die Formen von **envoyer**?*

j'en ______________

tu en ______________

il/elle/on en ______________

nous en ons ______________

vous en ez ______________

ils/elles en ent ______________

5

109 Verben über Verben!

Notiere die Verben an der richtigen Stelle.

				1 E					
				M					
				4 P	L	A	2 I	R	3 E
				O			N		S
				R			T		S
				T			É		A
5 L	A	N	C	E	R		R		Y
				R			E		E
			6 L	A	I	S	S	E	R
							S		
		7 E	N	V	O	Y	E	R	
							R		

↓

1 mitnehmen, wegtragen
2 interessieren
3 versuchen

→

4 gefallen
5 werfen
6 lassen
7 schicken

110 Badespaß

Moustique spritzt alles nass! Erkennst du die Formen von ***envoyer****?*

j'en___ envoie

tu en___ envoies

il/elle/on en___ envoie

nous en___ons envoyons

vous en___ez envoyez

ils/elles en___ent envoient

Wortschatz
Das Verb *envoyer*

111 Buchstabengitter

Welche Wörter haben sich hier versteckt? Bringe die Buchstaben im Gitter in die richtige Reihenfolge.

i	e	r
t	m	n
p	p	s

le ____________

		é
t	é	

l' ____________

t	u	e
o		n
a		m

l' ____________

e		r
v	i	h

l' ____________

112 Was gehört zusammen?

Verbinde richtig und trage dann die Zahlen in die Gleichung ein.
Welches Ergebnis erhältst du?

1 manger	les villes	3
2 visiter	du skimboard	5
3 faire	des sandwichs	2
4 envoyer	une fenêtre	6
5 aller	des messages	2
6 ouvrir	à la plage	7

(□ · 3) + (□ · □) − □ + □ = □

1 2 3 4 5 6

5

111 Buchstabengitter

Welche Wörter haben sich hier versteckt? Bringe die Buchstaben im Gitter in die richtige Reihenfolge.

i	e	r
t	m	n
p	p	s

le printemps

		é
t	é	

l' été

t	u	e
o		n
a		m

l' automne

e		r
v	i	h

l' hiver

112 Was gehört zusammen?

Verbinde richtig und trage dann die Zahlen in die Gleichung ein.
Welches Ergebnis erhältst du?

1 manger	les villes	3
2 visiter	du skimboard	5
3 faire	des sandwichs	2
4 envoyer	une fenêtre	6
5 aller	des messages	2
6 ouvrir	à la plage	7

$(2 \cdot 3) + (5 \cdot 2) - 7 + 6 = 15$

1 2 3 4 5 6

Wortschatz

113 In den Ferien

Ordne die Wörter richtig zu.

le sable

le surf

le canapé

le bateau

la fenêtre

à la plage

le gîte

le jardin

le skimboard

la mer

la radio

jouer au ballon

une vague

le soleil

une glace

une dune

nager

à la plage

5

113 In den Ferien

Ordne die Wörter richtig zu.

le sable · le surf · le bateau · le canapé · à la plage · le gîte · la fenêtre · le jardin · le skimboard · la radio · la mer · jouer au ballon · une vague · le soleil · une glace · nager · une dune

le jardin · le gîte · le canapé · la radio · la fenêtre

la mer · le sable · nager · une vague · le surf · à la plage · le soleil · une dune · le bateau · jouer au ballon · une glace · le skimboard

Wortschatz

114 Das Verb *recevoir*

Finde die Formen in diesem Wörter-Labyrinth.

r	e	ç	u			
t	i	o	ç	e	r	s
n	t	r	e	c	e	i
e	z	e	v	o	v	o
v	r	e	e	n	s	ç
i	o	ç	c	e	r	e
r	e	ç	o	i	s	r

je reçois

tu ____________

il/elle/on ____________

nous ____________

vous ____________

ils/elles ____________

j'ai ____________

115 Was passt?

*Setze die passenden Formen von **dormir** ein.*

Vous ____________ encore?

Léo, tu ne ____________ pas, hein?

Ce soir, Alex et Léonie ____________ chez Marie.

Nous ____________ à l'école ce soir parce que c'est la «Nuit des livres».

Je ne ____________ plus.

Le chat ____________ parfois sur le canapé.

Sarah a mal ____________ .

6

114 Das Verb *recevoir*

Finde die Formen in diesem Wörter-Labyrinth.

r	e	ç	u			
t	i	o	ç	e	r	s
n	t	r	e	c	ç	i
e	z	e	v	o	v	o
v	r	e	ç	n	s	ç
i	o	ç	e	e	r	e
r	e	ç	o	i	s	r

je reçois

tu reçois

il/elle/on reçoit

nous recevons

vous recevez

ils/elles reçoivent

j'ai reçu

115 Was passt?

*Setze die passenden Formen von **dormir** ein.*

Vous dormez encore?

Léo, tu ne dors pas, hein?

Ce soir, Alex et Léonie dorment chez Marie.

Nous dormons à l'école ce soir parce que c'est la «Nuit des livres».

Je ne dors plus.

Le chat dort parfois sur le canapé.

Sarah a mal dormi.

Die Verben *recevoir* und *dormir*

116 Das Verb *devoir*

Finde die Formen, die sich hier versteckt haben.

S	D	O	I	S	A	U	D	O
A	D	E	O	I	D	E	E	N
I	D	O	I	T	O	N	V	S
D	O	L	U	N	I	T	E	E
D	E	V	O	N	S	O	Z	R
U	D	O	I	V	E	N	T	U
U	H	D	G	K	D	Û	T	E

je ______________

tu ______________

il/elle/on ______________

nous ______________

vous ______________

ils/elles ______________

j'ai ______________

117 Was ist richtig?

Finde die richtige Form.

un – nouveau / nouvelle – film

une – vieux / vieille – mélodie

un – nouvel / nouveau – instrument

une – belle / beau – image

un – vieille / vieux – livre

un – nouveau / nouvelle – portable

6

116 Das Verb *devoir*

Finde die Formen, die sich hier versteckt haben.

S	D	O	I	S	A	U	D	O
A	D	E	O	I	D	E	E	N
I	D	O	I	T	O	N	V	S
D	O	L	U	N	I	T	E	E
D	E	V	O	N	S	O	Z	R
U	D	O	I	V	E	N	T	U
U	H	D	G	K	D	Û	T	E

je dois

tu dois

il/elle/on doit

nous devons

vous devez

ils/elles doivent

j'ai dû

117 Was ist richtig?

Finde die richtige Form.

nouveau / un / film / nouvelle

vieux / une / mélodie / vieille

nouvel / un / instrument / nouveau

belle / une / image / beau

vieille / un / livre / vieux

nouveau / un / portable / nouvelle

Das Verb *devoir*
Die Adjektive *nouveau, beau* und *vieux*

! **Adjektive** richten sich in Genus (Geschlecht) und Numerus (Zahl) nach dem Nomen, auf das sie sich beziehen.
Bei einer **weiblichen** Form wird ein *-e* angehängt, bei **Pluralformen** ein *-s*.
Bei den Adjektiven ***beau***, ***nouveau*** und ***vieux*** handelt es sich um Sonderformen, die du auswendig lernen musst!

118 Oh, Moustique! Nicht schon wieder!

*Wie heißen die Formen von **sortir** unter den Klecksen?*

je s ______________

tu s ______________

il/elle/on s ______________

je suis s ______________

nous s ns ______________

vous s z ______________

ils/elles s nt ______________

119 Maskulinum oder Femininum?

Suche die Adjektive und ordne sie in der Tabelle ein.

N	O	U	V	E	L	L	E	F	O
A	C	E	R	I	S	T	V	R	R
C	O	N	N	U	E	S	I	A	I
Q	U	O	T	I	D	I	E	N	G
U	R	I	S	G	N	M	U	S	I
N	T	L	E	R	A	P	X	A	N
E	E	O	B	E	L	L	E	D	A
D	I	F	F	É	R	E	N	T	L

♂ Maskulinum	♀ Femininum
______________	______________
______________	______________
______________	______________
______________	______________
______________	______________

118 Oh, Moustique! Nicht schon wieder!

*Wie heißen die Formen von **sortir** unter den Klecksen?*

je s... sors

tu s... sors

il/elle/on s... sort

je suis s... sorti(e)

nous s...ns sortons

vous s...z sortez

ils/elles s...nt sortent

119 Maskulinum oder Femininum?

Suche die Adjektive und ordne sie in der Tabelle ein.

N	O	U	V	E	L	L	E	F	O
A	C	E	R	I	S	T	V	R	R
C	O	N	N	U	E	S	I	A	I
Q	U	O	T	I	D	I	E	N	G
U	R	I	S	G	N	M	U	S	I
N	T	L	E	R	A	P	X	A	N
E	E	O	B	E	L	L	E	D	A
D	I	F	F	É	R	E	N	T	L

♂ Maskulinum	♀ Femininum
original	nouvelle
quotidien	connues
différent	belle
vieux	courte
simple	simple

Das Verb *sortir*
Adjektive

120 Das Internet

Welche Wörter haben nichts mit dem Internet zu tun? Streiche sie durch.

~~une sortie~~ le net un festival un cinéma surfer

un portable une lettre une information

une invitation un cahier un blog

un site des courriels discuter

un manga chatter

121 Versteckte Sätze

Einige Buchstaben stören in den Wörterschlagen. Wenn du diese weglässt, findest du sinnvolle Sätze.

Coraliejioeestopjdanscioil'équipeiopduduijournal.

Coralie est ______________________________

Ilsertvonttuifairelounesaeéditionnerspécialeniursurlurlesniumédias.

____

NousiovcherchonstngencoreliudesearédacteursminpoureralechacoinouaInternet.

____

6

120 Das Internet

Welche Wörter haben nichts mit dem Internet zu tun? Streiche sie durch.

~~une sortie~~ le net ~~un festival~~ ~~un cinéma~~ surfer

un portable ~~une lettre~~ une information

une invitation ~~un cahier~~ un blog

un site des courriels discuter

~~un manga~~ chatter

121 Versteckte Sätze

Einige Buchstaben stören in den Wörterschlagen. Wenn du diese weglässt, findest du sinnvolle Sätze.

Coraliejioeestopjdanscioil'équipeiopduduijournal.

Coralie est dans l'équipe du journal.

Jlsertvonttuifairelounesaeéditionnerspécialeniursurlurlesniumédias.

Ils vont faire une édition spéciale sur les médias.

NousiovcherchonstngencoreliudesearédacteursminpoureralechacoinouaJnternet.

Nous cherchons encore des rédacteurs pour le coin Internet.

Wortschatz: ***Le coin Internet***

122 *Le coin Internet*

Vervollständige die Sätze.

Salut, moi, c'est Julie. Sur Internet, j'écris des ____________ (RSULEIORC) à mes ________ (IMSA) et je cherche des informations. Mais je __________ (TATHEC) aussi beaucoup avec mes copines. __________ (VUNETOS), mes parents disent: «Sors et discute avec tes amis en __________ (LAEETIR)!» Ils ont raison. Mais __________ (FRASIOP), c'est moi qui dis: «Vous regardez toujours vos __________ (TROASPELB)!»

Bonjour, je m'appelle Valentin. J'adore __________ (RUEFSR) sur Internet ou chatter avec mes amis. On parle beaucoup des ________ (UEXJ) comme Minecraft ou on joue ____________ (MEESLBNE). Je trouve que c'est super! Mais j'ai aussi des copains qui ____________ (TATHECTN) toute la nuit. Moi, je préfère __________ (MRIORD).

6

122 Le coin Internet

Vervollständige die Sätze.

Salut, moi, c'est Julie. Sur Internet, j'écris des courriels (RSULEIORC) à mes amis (IMSA) et je cherche des informations. Mais je chatte (TATHEC) aussi beaucoup avec mes copines. Souvent (VUNETOS), mes parents disent: «Sors et discute avec tes amis en réalité (LAEETIR) !» Ils ont raison. Mais parfois (FRASIOP), c'est moi qui dis: «Vous regardez toujours vos portables (TROASPELB) !»

Bonjour, je m'appelle Valentin. J'adore surfer (RUEFSR) sur Internet ou chatter avec mes amis. On parle beaucoup des jeux (UEXJ) comme Minecraft ou on joue ensemble (MEESLBNE). Je trouve que c'est super! Mais j'ai aussi des copains qui chattent (TATHECTN) toute la nuit. Moi, je préfère dormir (MRIORD).

Wortschatz

123 Wie heißt das auf Französisch?

Schreibe die französischen Vokabeln auf.

un ______________

un ______________

une ______________

la ______________ pop

un ______________

la ______________

124 Wovon träumt Moustique?

Ordne die Buchstaben zu einem Wort.

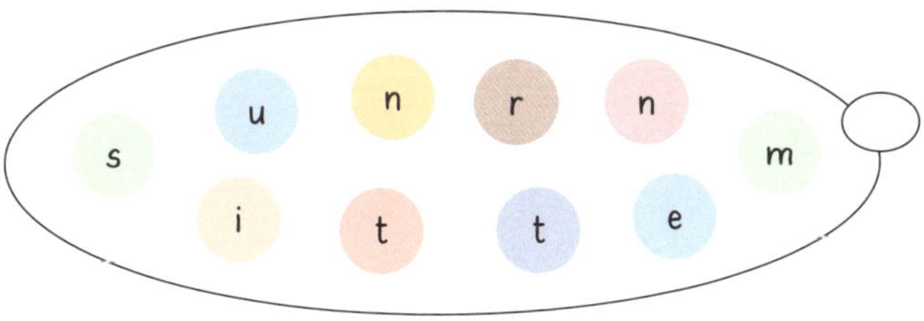

Moustique rêve d'un _ _ _ _ _ _ _ _ _ _

6

123 Wie heißt das auf Französisch?

Schreibe die französischen Vokabeln auf.

un violon

un saxophone

une mélodie

la musique pop

un piano

la voix

124 Wovon träumt Moustique?

Ordne die Buchstaben zu einem Wort.

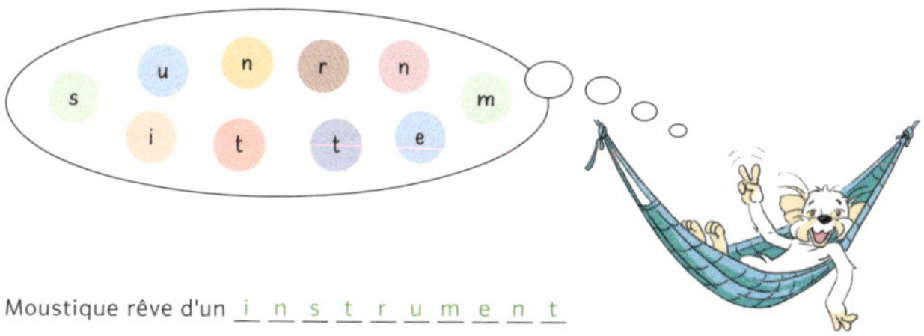

Moustique rêve d'un i n s t r u m e n t

Wortschatz

125 Was gehört zusammen?

Verbinde die Satzteile.

Martin joue	de l'argent.
La chanteuse a	la musique pop.
Louis a acheté	de la guitare.
Elodie aime le rap et	une belle voix.
On travaille pour gagner	des nouveaux groupes au festival.
Ils ont présenté	le nouvel album de son groupe préféré.

126 Ohne Punkt und Komma

In dieser Wörterschlange findest du Verben und Nomen mit Artikel. Suche alle Wörter und trage sie in die richtige Spalte ein.

lecouragepasserunsourireSortirlaréalitérésumerapporteruneinvitatio
nuneéditionutiliserunprixlajoieunavispartirdéroulerlanaissance

Nomen	Verben
le courage	

6

125 Was gehört zusammen?

Verbinde die Satzteile.

Martin joue	de l'argent.
La chanteuse a	la musique pop.
Louis a acheté	de la guitare.
Elodie aime le rap et	une belle voix.
On travaille pour gagner	des nouveaux groupes au festival.
Ils ont présenté	le nouvel album de son groupe préféré.

126 Ohne Punkt und Komma

In dieser Wörterschlange findest du Verben und Nomen mit Artikel. Suche alle Wörter und trage sie in die richtige Spalte ein.

lecouragepasserunsourire sortirlaréalitérésumerapporteruneinvitatio
nunééditionutiliserunprixlajoieunavispartirdéroulerlanaissance

Nomen	Verben
le courage	passer
un sourire	sortir
la réalité	résumer
une invitation	apporter
une édition	utiliser
un prix	partir
la joie	dérouler
un avis	
la naissance	

Wortschatz

127 Rund um die Musik

Finde die Wörter im Labyrinth und ergänze die Sätze.

M	H	T	Y	R	N	O	S
E	P	A	R	L	E	A	N
U	O	J	R	U	O	M	A
E	R	P	I	A	N	O	H
	E	I	O	E	U	M	C
	I	X	V	P	Q	U	
	O	J	P	O	I	S	

Pourquoi est-ce que tu aimes cette ________ ? – J'aime surtout le ________ .

De quoi est-ce que cette chanson ________ ? – La chanson parle de l'________ .

Quel instrument est-ce que tu sais ________ ? – Je joue du ________ .

Quel style de ________ est-ce que tu aimes? – J'adore la musique ________ .

Est-ce que tu aimes Zaz? – Oui, elle a une très belle ________ et ses chansons parlent de l'amour et de la ________ .

6

127 Rund um die Musik

Finde die Wörter im Labyrinth und ergänze die Sätze.

M	H	T	Y	R	N	O	S
E	P	A	R	L	E	A	N
U	O	J	R	U	O	M	A
E	R	P	I	A	N	O	H
	E	I	O	E	U	M	C
	I	X	V	P	Q	U	
	O	J	P	O	L	S	

Pourquoi est-ce que tu aimes cette chanson ? – J'aime surtout le rythme .

De quoi est-ce que cette chanson parle ? – La chanson parle de l'amour .

Quel instrument est-ce que tu sais jouer ? – Je joue du piano .

Quel style de musique est-ce que tu aimes? – J'adore la musique pop .

Est-ce que tu aimes Zaz? – Oui, elle a une très belle voix et ses chansons parlent de l'amour et de la joie .

Wortschatz: *Le coin musique*

128 Was bin ich?

Finde die Lösungswörter.

C’est très important dans un film d’horreur. C’est pourquoi on a peur.

le s _ _ _ _ _ _ _ _

C’est quelque chose qu’on écrit par exemple à un ami.

une _ _ _ _ _ _

C'est un film drôle.

une _ _ _ _ _ _ _

On dit que Paris est la ville

de l'_ _ _ _ _

129 Sechs kleine Wörter

Ups! Moustique hat die Wörter durcheinandergewirbelt. Setze sie wieder zusammen. Die deutschen Übersetzungen helfen dir dabei.

c'est — voi — au — que — qu — oi — par — pour — but — par — dé — ci — fois — ce — car

deshalb ________________

denn ________________

am Anfang ________________

hier ist ________________

manchmal ________________

weil ________________

128 Was bin ich?

Finde die Lösungswörter.

C'est très important dans un film d'horreur. C'est pourquoi on a peur. — le s u s p e n s e

C'est quelque chose qu'on écrit par exemple à un ami. — une l e t t r e

C'est un film drôle. — une c o m é d i e

On dit que Paris est la ville — de l' a m o u r

129 Sechs kleine Wörter

Ups! Moustique hat die Wörter durcheinandergewirbelt. Setze sie wieder zusammen. Die deutschen Übersetzungen helfen dir dabei.

c'est · voi · au · que · qu · oi · par · pour · but · par · dé · ci · fois · ce · car

deshalb c'est pourquoi

denn car

am Anfang au début

hier ist voici

manchmal parfois

weil parce que

Wortschatz

130 Wörtersalat

Welche Wörter fehlen? Bringe die Buchstaben im Gitter in die richtige Reihenfolge.

p	e	s
é		e
r	t	n

Notre coin BD ______________ chaque fois des BD intéressantes.

l	s	y
s	t	e

Nous aimons des ________________ très différents.

o	e	p
j	r	t

Notre nouveau ______________ est de faire un atelier BD.

s	h	r
e	o	i
t	s	i

Beaucoup de jeunes ont envie d'écrire des ________________ .

c	i	e
r		o
e	r	v

Une de nos BD va peut-être ________________ un jour un prix. Qui sait?

6

130 Wörtersalat

Welche Wörter fehlen? Bringe die Buchstaben im Gitter in die richtige Reihenfolge.

p	e	s
é		e
r	t	n

Notre coin BD présente chaque fois des BD intéressantes.

l	s	y
s	t	e

Nous aimons des styles très différents.

o	e	p
j	r	t

Notre nouveau projet est de faire un atelier BD.

s	h	r
e	o	i
t	s	i

Beaucoup de jeunes ont envie d'écrire des histoires.

c	i	e
r		o
e	r	v

Une de nos BD va peut-être recevoir un jour un prix. Qui sait?

Wortschatz

131 Das Verb *choisir*

Schreibe alle Formen auf. Die Farben helfen dir. Jeder Buchstabe gehört zu einer Farbe.

je	c										
tu						i					
il/elle/on							t				
nous									o		
vous		h								z	
ils/elles								s		n	
j'ai											

132 Noch mehr Verbformen ...

Sechs Verbformen haben sich hier versteckt. Findest du sie?

F	I	N	I	S	S	E	Z	R	R	É	U	S	S	I	S
I	T	C	H	O	I	S	I	S	S	O	N	S	N	E	V
N	R	U	P	M	S	A	M	I	N	I	S	T	A	R	A
I	O	C	H	O	I	S	I	T	R	W	I	L	R	A	S
S	S	K	L	A	R	É	U	S	S	I	S	S	E	N	T

ich beende — je ____________

dir gelingt es — tu ____________

er sucht aus — il ____________

wir suchen aus — nous ____________

ihr beendet — vous ____________

ihnen gelingt es — ils ____________

7

131 Das Verb *choisir*

Schreibe alle Formen auf. Die Farben helfen dir. Jeder Buchstabe gehört zu einer Farbe.

je	c	h	o	i	s	i	s				
tu	c	h	o	i	s	i	s				
il/elle/on	c	h	o	i	s	i	t				
nous	c	h	o	i	s	i	s	s	o	n	s
vous	c	h	o	i	s	i	s	s	e	z	
ils/elles	c	h	o	i	s	i	s	s	e	n	t
j'ai	c	h	o	i	s	i					

132 Noch mehr Verbformen …

Sechs Verbformen haben sich hier versteckt. Findest du sie?

F	I	N	I	S	S	E	Z	R	R	É	U	S	S	I	S
I	T	C	H	O	I	S	I	S	S	O	N	S	N	E	V
N	R	U	P	M	S	A	M	I	N	I	S	T	A	R	A
I	O	C	H	O	I	S	I	T	R	W	I	L	R	A	S
S	S	K	L	A	R	É	U	S	S	I	S	S	E	N	T

ich beende	je finis	dir gelingt es	tu réussis
er sucht aus	il choisit	wir suchen aus	nous choisissons
ihr beendet	vous finissez	ihnen gelingt es	ils réussissent

Konjugation der Verben auf *-ir*

133 Welche Form ist richtig?

Wenn du richtig antwortest, kannst du mit den Buchstaben das Lösungswort bilden.

		tout le	toute la	tous les	toutes les	
1	Marie fait du sport	e	a	g	u	lundis.
2	Léo aime	d	n	i	a	BD d'Astérix.
3	J'adore	o	a	g	c	animaux.
4	Ils ont mangé	n	b	t	r	gâteau.
5	Lucie a montré	n	e	a	e	photos de son anniversaire.

Au tirage au sort, Sacha _ _ _ _ _ un tour en bateau.
1 2 3 4 5

134 Versteckte Sätze

Einige Buchstaben stören in den Wörterschlangen.
Wenn du diese weglässt, findest du sinnvolle Sätze. Schreibe die Sätze auf.

Elleuioesthjksûreklqueuioçamnkvapoiluidsaplaire.

____

Nousuileurseavonsoiracontélnqu'onrevaqupartirdansenluBretagne.

____

Jenivaisrtiluiterécrireasunldnmessage.

____

7

133 Welche Form ist richtig?

Wenn du richtig antwortest, kannst du mit den Buchstaben das Lösungswort bilden.

		tout le	toute la	tous les	toutes les	
1	Marie fait du sport	e	a	g	u	lundis.
2	Léo aime	d	n	i	a	BD d'Astérix.
3	J'adore	o	a	g	c	animaux.
4	Ils ont mangé	n	b	t	r	gâteau.
5	Lucie a montré	n	e	a	e	photos de son anniversaire.

Au tirage au sort, Sacha g(1) a(2) g(3) n(4) e(5) un tour en bateau.

134 Versteckte Sätze

Einige Buchstaben stören in den Wörterschlangen.
Wenn du diese weglässt, findest du sinnvolle Sätze. Schreibe die Sätze auf.

Elleuioesthjksûreklqueuioçamnkvapoiluidsaplaire.

Elle est sûre que ça va lui plaire.

Nousuileurseavonsoiracontélnqu'onrevaqupartirdansenluBretagne.

Nous leur avons raconté qu'on va partir en Bretagne.

Jenivaisrtiluiterécrireasunldnmessage.

Je vais lui écrire un message.

Der Begleiter *tout*
Die indirekten Objektpronomen *lui, leur*

! Der **Begleiter *tout*** richtet sich in Genus und Numerus nach dem Nomen, auf das er sich bezieht. Nach ***tout*** als Begleiter steht ein zweiter Begleiter, z. B. *le, sa, ces* …
Tout als Begleiter hat zwei Bedeutungen: im Singular „ganz", im Plural „alle".

135 Durcheinandergewirbelt!

Bringe die Sätze in die richtige Reihenfolge und finde das Lösungswort.

- Marie – a
- chose. – e
- En – é
- Attends, – c
- lui – a
- montré – r
- leur – l
- une – b
- leur – n
- écrire – i
- vont – i
- Bretagne, – q
- ils – u
- postale. – e
- quelque – s
- ses – a
- photos. – k
- carte – r
- je – h
- a – o
- demande – i

______________________________________ une ____________

______________________________________ un ____________

______________________________________ un ____________

136 Welche Verbform stimmt?

Mit dem Buchstaben vor der richtigen Form findest du das Lösungswort.

t	je bouge	p	je bouges
r	tu bouges	a	tu bouge
r	il/elle/on boughe	a	il/elle/on bouge
m	nous bougeons	c	nous bougons
o	vous bougez	a	vous boughez
l	ils/elles bougent	n	ils/elles boughent
t	j'ai bougi	i	j'ai bougé

un __ __ __ __ p __ __ __ne

Die indirekten Objektpronomen *lui* und *leur*
Das Verb *bouger*

7

135 Durcheinandergewirbelt!

Bringe die Sätze in die richtige Reihenfolge und finde das Lösungswort.

Marie a | chose. e | En é | Attends, c | lui a | montré r | leur l | une b | leur n | écrire i | vont i | Bretagne, q | ils u | postale. e | quelque s | ses a | photos. k | carte r | je h | a o | demande i

Attends, je lui demande quelque chose. — une chaise

En Bretagne, ils vont leur écrire une carte postale. — un équilibre

Marie leur a montré ses photos. — un anorak

136 Welche Verbform stimmt?

Mit dem Buchstaben vor der richtigen Form findest du das Lösungswort.

(t)	je bouge	p	je bouges
(r)	tu bouges	a	tu bouge
r	il/elle/on boughe	(a)	il/elle/on bouge
(m)	nous bougeons	c	nous bougons
(o)	vous bougez	a	vous boughez
(l)	ils/elles bougent	n	ils/elles boughent
t	j'ai bougi	(i)	j'ai bougé

un t r a m p o l i ne

Die indirekten Objektpronomen *lui* und *leur*
Das Verb *bouger*

! Die **indirekten Objektpronomen** der 3. Person heißen ***lui*** und ***leur***. Sie vertreten Personen.
- ***lui:*** eine Person, Maskulinum oder Femininum
- ***leur:*** mehrere Personen, Maskulinum oder Femininum

Sie stehen vor dem konjugierten Verb, bei Verben mit nachfolgendem Infinitiv vor dem Infinitiv.

*Je **lui** téléphone.* (**konjugiertes Verb**) *Je vais **lui** téléphoner.* (**konjugiertes Verb** / **Infinitv**)

137 Viele Verben

Trage die Verben bei der richtigen Zahl ein.

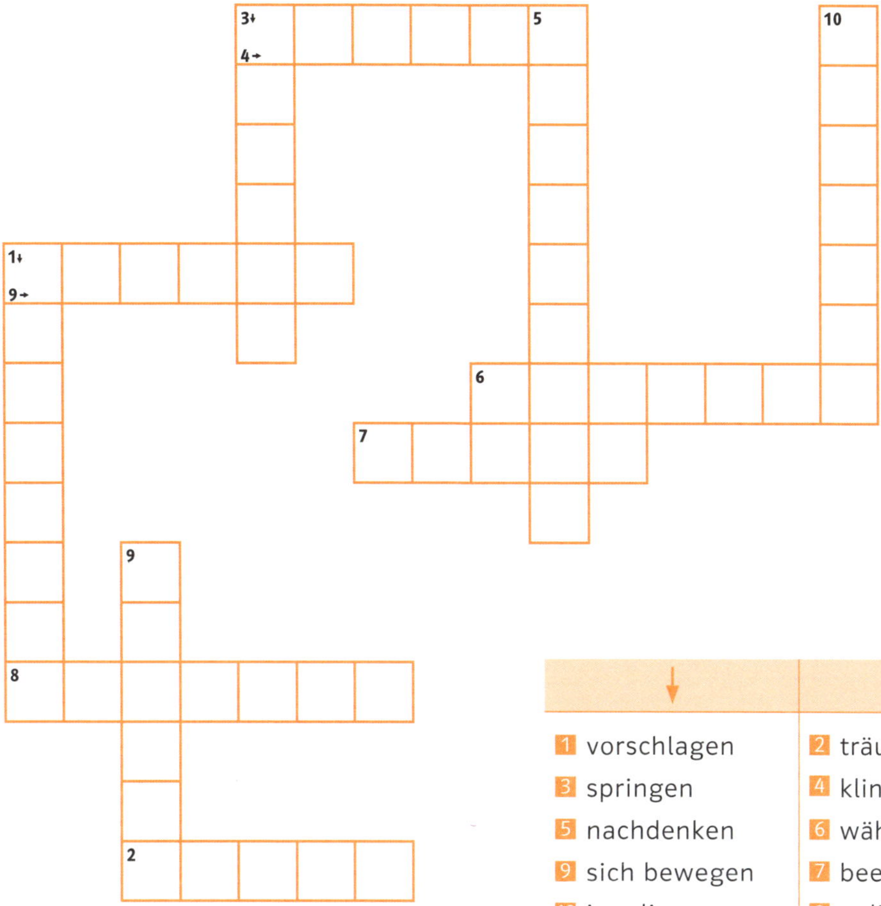

↓	→
1 vorschlagen	2 träumen
3 springen	4 klingeln
5 nachdenken	6 wählen
9 sich bewegen	7 beenden
10 jonglieren	8 gelingen
	9 tragen

7

137 Viele Verben

Trage die Verben bei der richtigen Zahl ein.

↓	→
1 vorschlagen	2 träumen
3 springen	4 klingeln
5 nachdenken	6 wählen
9 sich bewegen	7 beenden
10 jonglieren	8 gelingen
	9 tragen

138 Merci Mehdi!

Bringe die Sätze in die richtige Reihenfolge. Wenn du dann die Buchstaben unten einträgst, hast du die Lösung.

( ) Sacha est heureux et dit merci à Mehdi: „Un nouvel atelier est une bonne idée!“ é

( ) Beaucoup de personnes arrivent au stand des arts du cirque. t

(1) À Vincennes, la Fête du sport a commencé. o

( ) Enfin, Léo appelle. Il dit qu'il y a un problème. Leo a perdu la clé du club et là-bas, il y a la corde. d

( ) Mais Mehdi a une idée: il revient avec trois balles et commence à jongler. r

( ) On peut choisir les activités qu'on veut essayer ou faire un parcours avec plusieurs activités. n

( ) Sacha est malheureux. Il faut trouver une solution. o

( ) Sacha propose un atelier de corde molle avec Léo, mais Léo n'est pas encore là et il doit apporter la corde molle. a

Sacha raconte à ses parents:

„Les jeunes o(1) _(2) _(3) _(4) _(5) _(6) _(7) _(8) notre atelier!“

138 Merci Mehdi!

Bringe die Sätze in die richtige Reihenfolge. Wenn du dann die Buchstaben unten einträgst, hast du die Lösung.

(8) Sacha est heureux et dit merci à Mehdi: „Un nouvel atelier est une bonne idée!" é

(3) Beaucoup de personnes arrivent au stand des arts du cirque. t

(1) À Vincennes, la Fête du sport a commencé. o

(5) Enfin, Léo appelle. Il dit qu'il y a un problème. Leo a perdu la clé du club et là-bas, il y a la corde. d

(7) Mais Mehdi a une idée: il revient avec trois balles et commence à jongler. r

(2) On peut choisir les activités qu'on veut essayer ou faire un parcours avec plusieurs activités. n

(6) Sacha est malheureux. Il faut trouver une solution. o

(4) Sacha propose un atelier de corde molle avec Léo, mais Léo n'est pas encore là et il doit apporter la corde molle. a

Sacha raconte à ses parents:

„Les jeunes o(1) n(2) t(3) a(4) d(5) o(6) r(7) é(8) notre atelier!"

Wortschatz

139 Wabenrätsel

Welche Wörter musst du eintragen?

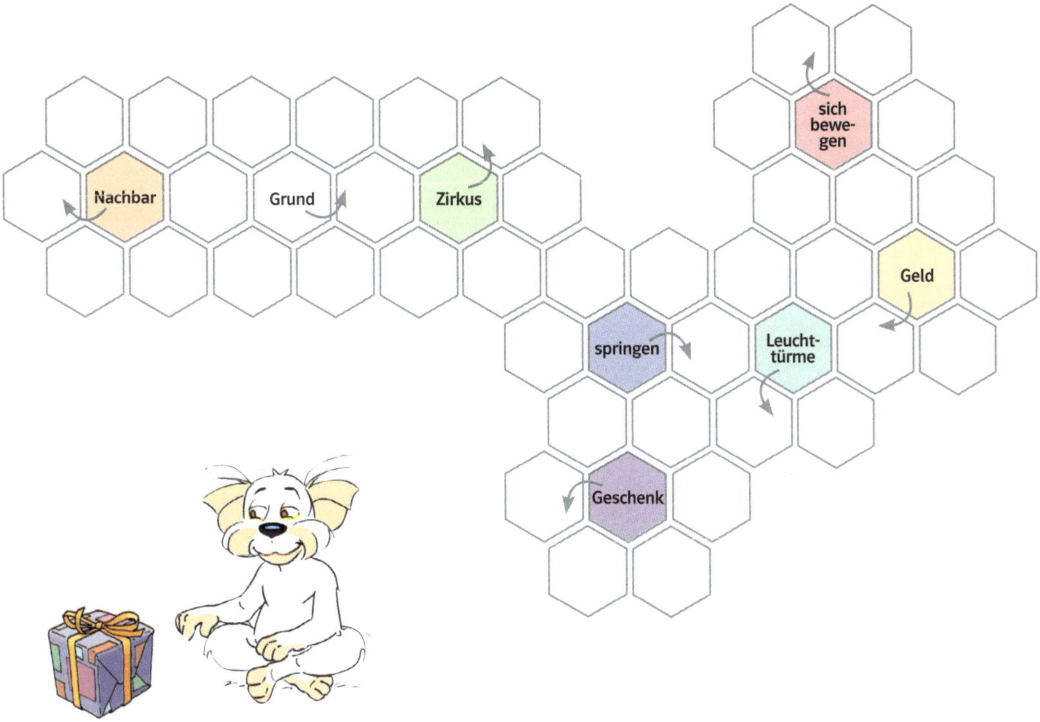

Nachbar ______________

Grund ______________

Zirkus ______________

sich bewegen ______________

springen ______________

Leuchttürme ______________

Geld ______________

Geschenk ______________

7

139 Wabenrätsel

Welche Wörter musst du eintragen?

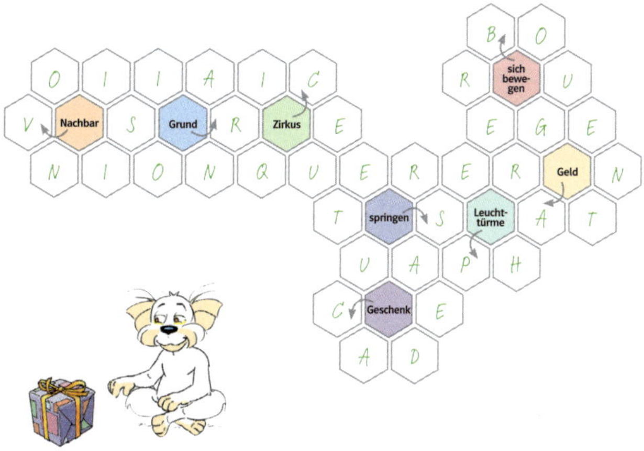

Nachbar voisin	springen sauter
Grund raison	Leuchttürme phares
Zirkus cirque	Geld argent
sich bewegen bouger	Geschenk cadeau

140 À la Fête du sport

Welche Wörter fehlen in diesem Dialog?

Je ne sais vraiment pas ________ faire. OUIQ

Ce n'est pas ________ . VARGE J'ai une idée.

On va essayer la corde ________ ! LOMEL

C'est une ________ idée. Et après? NOBEN

On peut essayer de jongler avec trois ________ . LABSEL

Tu ________ que c'est très difficile? NSSEEP

Je ne sais pas. Viens, il ne faut pas ______________ , il faut essayer. FRÉIHCÉLR

Et si tu ne ______________ pas le faire, ne t'en fais pas! SSÉIRUS

141 Was passt zusammen?

Wie lauten die Wendungen? Verbinde, was zusammenpasst.

montrer	à qn de l'aider
envoyer	des informations sur … à qn
proposer	des photos à qn
inviter	un SMS à qn
faire	qn au cinéma
donner	la bise à qn

Wortschatz
Verben mit präpositionaler Ergänzung

7

140 À la Fête du sport

Welche Wörter fehlen in diesem Dialog?

Je ne sais vraiment pas quoi faire. OUIQ

Ce n'est pas grave . VARGE J'ai une idée.

On va essayer la corde molle ! LOMEL

C'est une bonne idée. Et après? NOBEN

On peut essayer de jongler avec trois balles . LABSEL

Tu penses que c'est très difficile? NSSEEP

Je ne sais pas. Viens, il ne faut pas réfléchir , il faut essayer. FRÉIHCÉLR

Et si tu ne réussis pas le faire, ne t'en fais pas! SSÉIRUS

141 Was passt zusammen?

Wie lauten die Wendungen? Verbinde, was zusammenpasst.

- montrer – des photos à qn
- envoyer – un SMS à qn
- proposer – à qn de l'aider
- inviter – qn au cinéma
- faire – la bise à qn
- donner – des informations sur … à qn

Wortschatz
Verben mit präpositionaler Ergänzung

142 Was ist das?

Schau genau hin.

une ____________

un __________________

une ____________

faire de l'_______________

le __________________

le ________________________

143 Wörterketten

Welche Buchstaben verbinden die Wörter? Füge sie in die grünen Kreise ein.

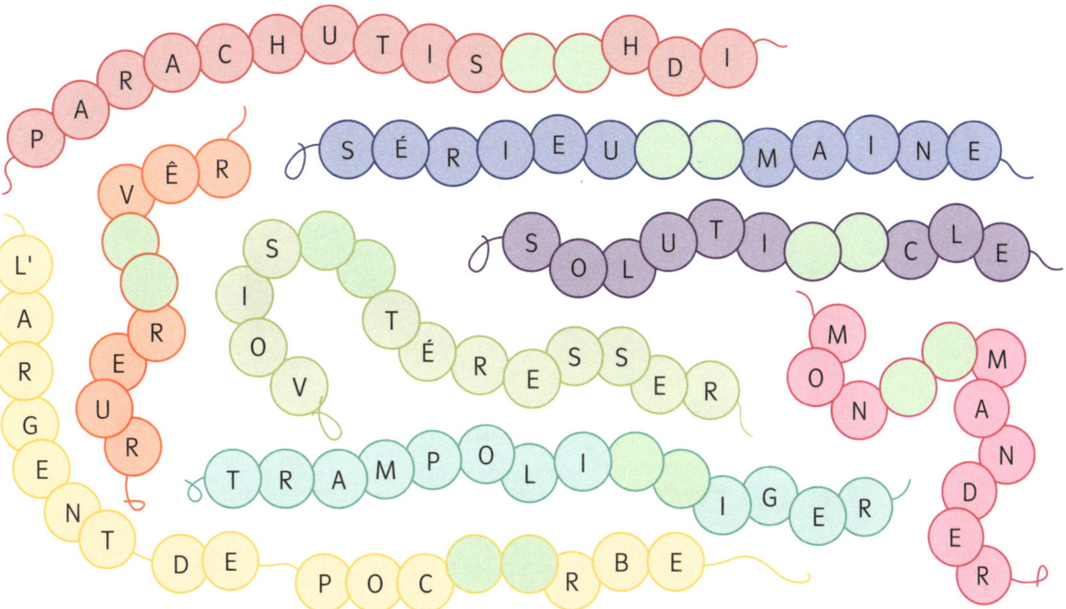

7

142 Was ist das?

Schau genau hin.

une corde

un cirque

une balle

faire de l'escrime

le parachutisme

le saut à l'élastique

143 Wörterketten

Welche Buchstaben verbinden die Wörter? Füge sie in die grünen Kreise ein.

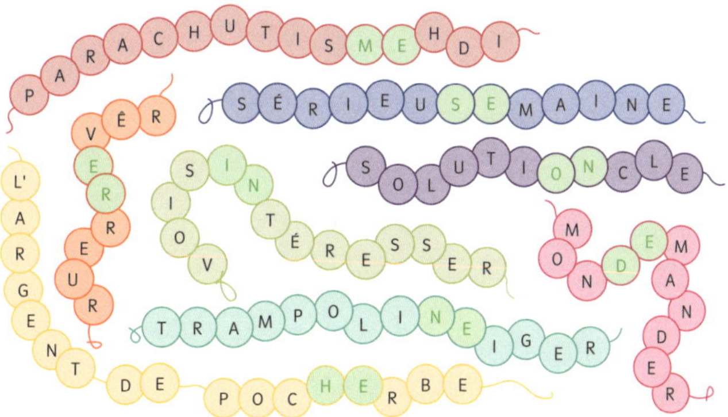

Wortschatz

144 So ein Durcheinander!

Hier sind fünf Sätze versteckt. Schreibe sie richtig auf.

cherchent | Mehdi dit | une voiture de sport. | rangent

n'a pas pu | leurs | est | Les jeunes | du saut à l'élastique.

sur | Les jeunes | parti | parce qu'il

un cheval. | faire

qu'il est | Sacha est triste | monter dans

une place

l'herbe. | Le rêve de Marie | affaires. | d'avoir

144 So ein Durcheinander!

Hier sind fünf Sätze versteckt. Schreibe sie richtig auf.

cherchent · Mehdi dit · une voiture de sport. · rangent

n'a pas pu · leurs · est · Les jeunes · du saut à l'élastique.

sur · Les jeunes · parti · parce qu'il · un cheval. · faire

qu'il est · Sacha est triste · une place · monter dans

l'herbe. · Le rêve de Marie · affaires. · d'avoir

Les jeunes rangent leurs affaires.

Les jeunes cherchent une place sur l'herbe.

Mehdi dit qu'il est parti faire du saut à l'élastique.

Sacha est triste parce qu'il n'a pas pu monter dans une voiture de sport.

Le rêve de Marie est d'avoir un cheval.

© PONS GmbH 2021 – Découvertes 2 S jaune / bleue – Übungsblock

145 Reimwörter

Moustique ist mit dreckigen Pfoten über die Reimwörter gelaufen.
Kannst du sie richtig aufschreiben?

la salle – la b _ _ _ _

nous – m _ _

finir – ré _ _ _ _ _

allemand – seu _ _ _ _ _ _

mystérieux – sé _ _ _ _ _

la maison – la r _ _ _ _ _

on commence – une an _ _ _ _ _

146 Wortpuzzle

Bilde vier Wörter. Die Silben, die übrig bleiben, ergeben das Lösungswort.

pa chu me ra tis arts

_ _ _ _ _ _ _ _ _ _ _ _

te a du lier

_ _ _ _ _ _ _

gu ar ment cir

_ _ _ _ _ _ _ _

que flé ré chir

_ _ _ _ _ _ _ _ _

les _ _ _ _ _ _ _ _ _ _ _ _ _ _ _

7

145 Reimwörter

Moustique ist mit dreckigen Pfoten über die Reimwörter gelaufen. Kannst du sie richtig aufschreiben?

la salle – la b a l l e

nous – m o u

finir – ré u s s i r

allemand – seu l e m e n t

mystérieux – sé r i e u x

la maison – la r a i s o n

on commence – une an n o n c e

146 Wortpuzzle

Bilde vier Wörter. Die Silben, die übrig bleiben, ergeben das Lösungswort.

pa chu me ra tis (arts)
p a r a c h u t i s m e

te a (du) lier
a t e l i e r

gu ar ment (cir)
a r g u m e n t

(que) flé ré chir
r é f l é c h i r

les a r t s d u c i r q u e

Wortschatz

© PONS GmbH 2021 – Découvertes 2 Série jaune/bleue – Übungsblock

147 Finde die Fehler!

Nur ein Wort in jeder Reihe ist richtig. Male es aus und streiche die anderen durch.

choisir | attender | sourir | finirer

je suis mangé | j'ai allé | j'ai rentré | je suis monté

je recevois | je recois | je reçois | je reçoit

je dort | vous dormerez | nous dormons | ils dorent

devoire | pouvoir | prendrer | vouloi

148 Silbensalat

Findest du die Infinitive?

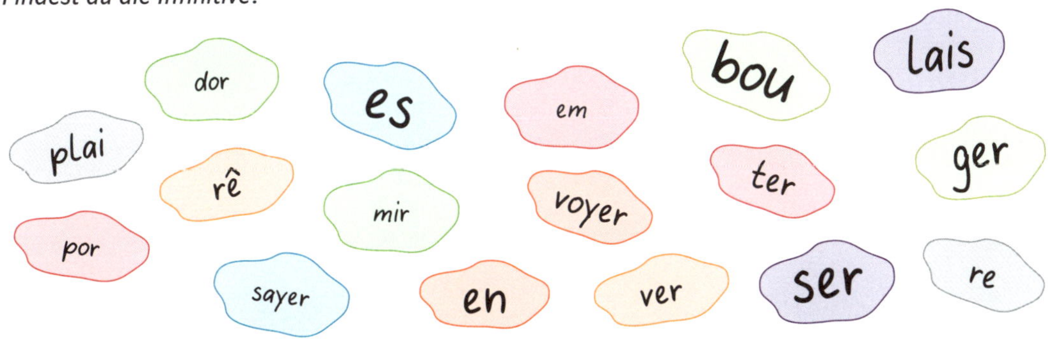

schicken ____________________

lassen ____________________

versuchen ____________________

mitnehmen ____________________

schlafen ____________________

bewegen ____________________

träumen ____________________

gefallen ____________________

LÖSUNGEN

147 Finde die Fehler!

Nur ein Wort in jeder Reihe ist richtig. Male es aus und streiche die anderen durch.

choisir ~~attender~~ ~~sourir~~ ~~finirer~~

~~je suis mangé~~ ~~j'ai allé~~ ~~j'ai rentré~~ **je suis monté**

~~je recevois~~ ~~je recois~~ **je reçois** ~~je reçoit~~

~~je dort~~ ~~vous dormerez~~ **nous dormons** ~~ils dorent~~

~~devoire~~ **pouvoir** ~~prendrer~~ ~~vouloi~~

148 Silbensalat

Findest du die Infinitive?

dor es em bou lais plai rê mir voyer ter ger por sayer en ver ser re

schicken envoyer

lassen laisser

versuchen essayer

mitnehmen emporter

schlafen dormir

bewegen bouger

träumen rêver

gefallen plaire

© PONS GmbH 2021

149 Was habt ihr in den Ferien gemacht?

Finde die Partizipien und vervollständige den Text.

→	p	a	r	t	i
a	s	s	e	é	s
y	é	p	l	g	p
t	n	i	u	a	a
é	r	e	s	n	s
←		é	s	é	s

Nous sommes ____________ en vacances au mois d'août, comme toujours. À Arcachon, nous avons ____________ des belles journées à la plage. Nous avons ____________ dans la mer et ____________ le skimboard. Mais il a ____________ deux fois et là, nous avons visité « La Ville d'hiver ». Cela m'a beaucoup ____________ . Et toi, qu'est-ce que tu fais pendant les vacances?

150 Grammatikfelder

Welches Wort passt nicht in die Reihe?

nouveau | avec | beau | vieux

me | il | te | nous

importante | normale | spéciale | nouvel

des bateaux | des plages | des dunes | des aires de repos

sous | dessus | sûr | dans

LÖSUNGEN

Plateau 3

149 Was habt ihr in den Ferien gemacht?

Finde die Partizipien und vervollständige den Text.

→	p	a	r	t	i
a	s	s	c	é	s
y	é	p	l	g	p
t	n	i	u	a	a
é	r	c	s	n	s
←		é	s	é	s

Nous sommes partis en vacances au mois d'août, comme toujours. À Arcachon, nous avons passé des belles journées à la plage. Nous avons nagé dans la mer et essayé le skimboard. Mais il a plu deux fois et là, nous avons visité « La Ville d'hiver ». Cela m'a beaucoup intéressé. Et toi, qu'est-ce que tu fais pendant les vacances?

150 Grammatikfelder

Welches Wort passt nicht in die Reihe?

nouveau – ~~avec~~ – beau – vieux

me – ~~il~~ – te – nous

importante – normale – spéciale – ~~nouvel~~

~~des bateaux~~ – des plages – des dunes – des aires de repos

sous – dessus – ~~sûr~~ – dans

Das *Participe passé*
Grammatik

151 Wörterschlangen

Welche Sätze findest du in den Wörterschlangen? Kreise alle Wörter ein, die einen Satz ergeben. In jedem Satz steckt ein Objektpronomen. Schreibe die Objektpronomen auf.

direkte Objektpronomen

____

indirekte Objektpronomen

____

152 Richtig oder falsch?

Wenn du richtig antwortest, kannst du mit den Buchstaben das Lösungswort bilden.

	richtig	falsch
Die **indirekte Rede** wird durch die **Konjunktion *que*** (dass) eingeleitet.	(p)	r
Die **Objektpronomen** stehen hinter dem konjugierten Verb.	s	a
Die Verben ***aller***, ***partir*** und ***sortir*** werden im ***Passé composé*** mit ***avoir*** gebildet.	n	u
Die **Adjektive *beau*** und ***nouveau*** erhalten im Plural ein ***-x***.	s	a
Der **Begleiter *tout*** hat zwei Bedeutungen: im Singular ***ganz***, aber im Plural ***alle***.	e	t

Moustique fait une _ _ _ _ _ !

LÖSUNGEN

Plateau 3

151 Wörterschlangen

Welche Sätze findest du in den Wörterschlangen? Kreise alle Wörter ein, die einen Satz ergeben. In jedem Satz steckt ein Objektpronomen. Schreibe die Objektpronomen auf.

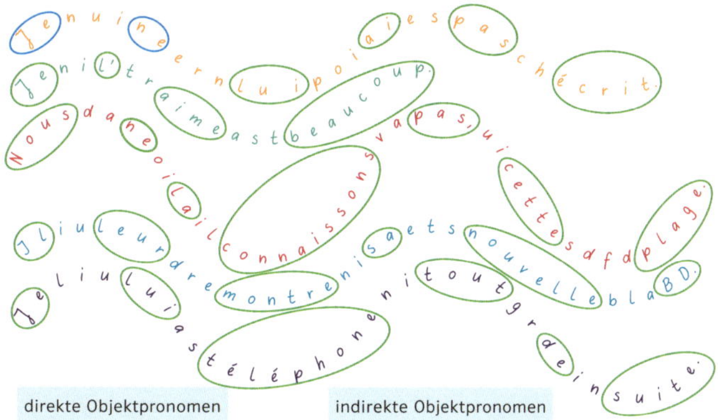

direkte Objektpronomen	indirekte Objektpronomen
l', la	lui, leur, lui

152 Richtig oder falsch?

Wenn du richtig antwortest, kannst du mit den Buchstaben das Lösungswort bilden.

	richtig	falsch
Die **indirekte Rede** wird durch die **Konjunktion *que*** (dass) eingeleitet.	(p)	r
Die **Objektpronomen** stehen hinter dem konjugierten Verb.	s	a
Die Verben ***aller***, ***partir*** und ***sortir*** werden im ***Passé composé*** mit ***avoir*** gebildet.	n	u
Die **Adjektive *beau*** und ***nouveau*** erhalten im Plural ein ***-x***.	s	a
Der **Begleiter *tout*** hat zwei Bedeutungen: im Singular ***ganz***, aber im Plural ***alle***.	e	t

Moustique fait une p a u s e !

Grammatik

153 Durcheinandergewirbelt!

Welche Wörter kannst du aus den Buchstaben bilden? Das O in der Mitte muss in jedem Wort enthalten sein.

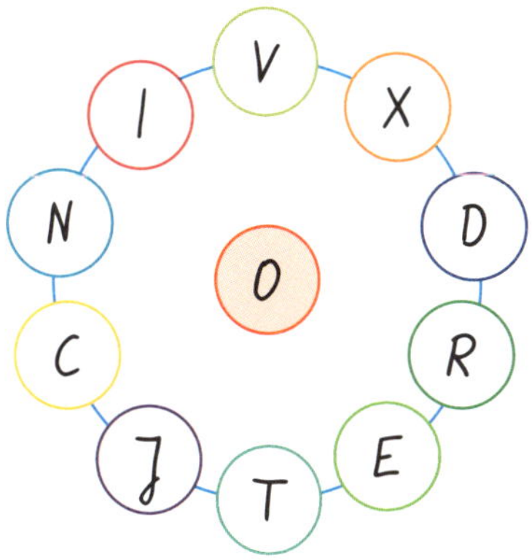

la ______________ la ______________

le ______________ ______________

le ______________ ______________

154 Finde den Eindringling!

Welches Wort passt nicht in die Reihe?

l'arbre	le chat	le jardin	l'herbe
l'autoroute	le bouchon	le péage	le style
le canapé	la table	le basket	la chaise
le temps	le dos	la jambe	la tête
un clown	jongler	l'humour	la campagne
réfléchir	penser	l'avis	rêver

LÖSUNGEN

Plateau 3

153 Durcheinandergewirbelt!

Welche Wörter kannst du aus den Buchstaben bilden? Das O in der Mitte muss in jedem Wort enthalten sein.

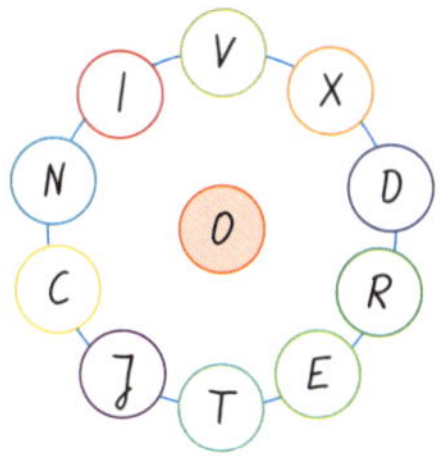

la voix

la joie

le coin

toi

le droit

voici

154 Finde den Eindringling!

Welches Wort passt nicht in die Reihe?

l'arbre – ~~le chat~~ – le jardin – l'herbe

l'autoroute – le bouchon – le péage – ~~le style~~

le canapé – la table – ~~le basket~~ – la chaise

~~le temps~~ – le dos – la jambe – la tête

un clown – jongler – l'humour – ~~la campagne~~

réfléchir – penser – l'avis – ~~rêver~~

Wortschatz

155 Was macht Moustique?

Welche Sätze und welche Fragen stehen in der indirekten Rede? Mit den Buchstaben kannst du das Lösungswort bilden.

Elle raconte qu'elle a mangé des huîtres*. (B)

Quand est-ce vous allez à la plage? (A)

Est-ce que tu as envie de visiter Bordeaux en mini-train? (N)

Il dit que c'est une bonne idée. (L)

Jérôme demande s'ils mangent une glace à la plage. (O)

Elle aime Bordeaux parce qu'il fait beau. (S)

Il veut savoir si la dune du Pilat est loin. (G)

*Austern

156 Bilderrätsel

Schreibe die richtigen Buchstaben auf. Dann findest du das Lösungswort.

~~5~~, ~~6~~, ~~7~~, ~~8~~, ~~9~~

___ ___ ___ ___ ___ ___ ___ ___ ___

~~1~~, ~~2~~, 4=n

___ ___ ___ ___ ___

Lösungswort:

l'___ ___ ___ ___ ___ ___ ___

2=l, ~~3~~, ~~4~~, ~~6~~

un ___ ___ ___ ___ ___ ___

~~1~~, ~~2~~

une ___ ___ ___ ___ ___

Lösungswort:

une ___ ___ ___ ___ ___ ___

Die indirekte Rede
Wortschatz

155 Was macht Moustique?

Welche Sätze und welche Fragen stehen in der indirekten Rede? Mit den Buchstaben kannst du das Lösungswort bilden.

Elle raconte qu'elle a mangé des huîtres*. (B)

Quand est-ce vous allez à la plage? (A)

Est-ce que tu as envie de visiter Bordeaux en mini-train? (N)

Il dit que c'est une bonne idée. (L)

Jérôme demande s'ils mangent une glace à la plage. (O)

Elle aime Bordeaux parce qu'il fait beau. (S)

Il veut savoir si la dune du Pilat est loin. (G)

*Austern

156 Bilderrätsel

Schreibe die richtigen Buchstaben auf. Dann findest du das Lösungswort.

~~5~~, ~~6~~, ~~7~~, ~~8~~, ~~9~~

a u t o ~~r~~ ~~o~~ ~~u~~ ~~t~~ ~~e~~

~~1~~, ~~2~~, 4=n

~~j~~ ~~a~~ m ~~b~~ (n) e

Lösungswort:

l'a u t o m n e

2=l, ~~3~~, ~~4~~, ~~6~~

un b ~~a~~ (l) ~~t~~ ~~e~~ a ~~u~~

~~1~~, ~~2~~

une ~~v~~ ~~a~~ g u e

Lösungswort:

une b l a g u e

157 Kreuzworträtsel

Die Buchstaben für das Lösungswort findest du in den rosafarbenen Kästchen.

↓	→
1 hinausgehen	2 Tier
3 Land	4 klingeln
6 Lösung	5 Mut
9 Koffer	7 müssen
10 Welle	8 Jahreszeit

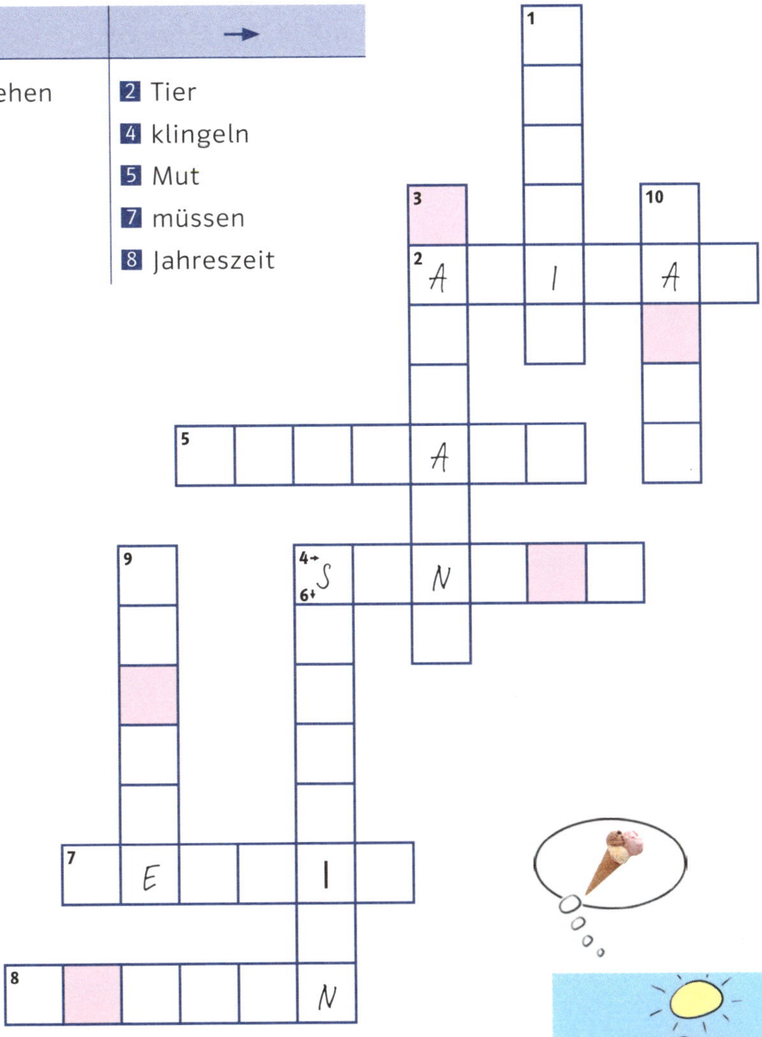

Quand il fait chaud, on mange une _ _ _ _ _ !

LÖSUNGEN

Plateau 3

157 Kreuzworträtsel

Die Buchstaben für das Lösungswort findest du in den rosafarbenen Kästchen.

↓	→
1 hinausgehen	2 Tier
3 Land	4 klingeln
6 Lösung	5 Mut
9 Koffer	7 müssen
10 Welle	8 Jahreszeit

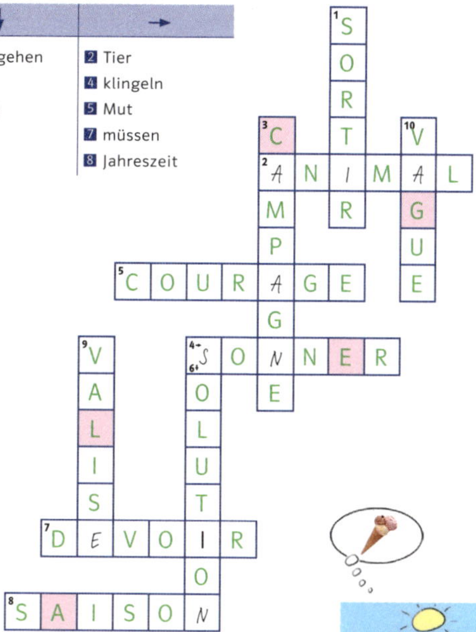

Quand il fait chaud, on mange une g l a c e !

Wortschatz

158 Vokalpaare

Ergänze die fehlenden Vokale.

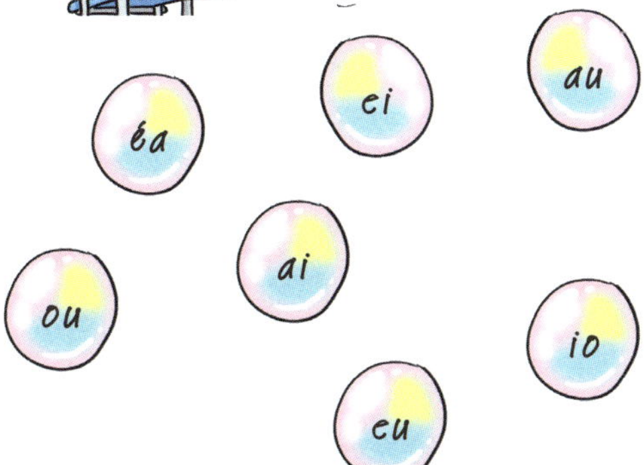

le p _____ ge

pl _____ re

une p _____ se

une err _____ r

une s _____ son

deb _____ t

s _____ ter

une solut _____ n

t _____ t

s _____ lement

un drape _____

c _____ rt

un j _____ ne

159 [ɔ̃] wie in *région* oder [ɛ̃] wie in *combien*?

Kreuze an.

	[ɔ̃]	[ɛ̃]
enfin		
une édition		
un coin		
un garçon		
le jardin		
quotidien		
le dessin		
la raison		

LÖSUNGEN

Plateau 3

158 Vokalpaare

Ergänze die fehlenden Vokale.

le p éa ge

pl ai re

une p au se

une err eu r

une s ai son

deb ou t

s au ter

une solut io n

t ou t

s eu lement

un drape au

c ou rt

un j eu ne

159 [ɔ̃] wie in *région* oder [ɛ̃] wie in *combien*?

Kreuze an.

	[ɔ̃]	[ɛ̃]
enfin		x
une édition	x	
un coin		x
un garçon	x	
le jardin		x
quotidien		x
le dessin		x
la raison	x	

Wortschatz
Aussprache

160 Unzertrennlich

Verbinde, was zusammenpasst.

une belle	jardins
une vieille	fille
des beaux	plages
un vieil	corde
des belles	portable
un vieux	arbre

161 Was gehört zusammen?

Verbinde die Wörter.

une aire — de repos

suite

monde

un film

de

télévisée

au

de

tout

beaucoup

l'argent

d'horreur

sort

une série

de

poche

le tirage

LÖSUNGEN

Plateau 3

160 Unzertrennlich

Verbinde, was zusammenpasst.

une belle	jardins
une vieille	fille
des beaux	plages
un vieil	corde
des belles	portable
un vieux	arbre

161 Was gehört zusammen?

Verbinde die Wörter.

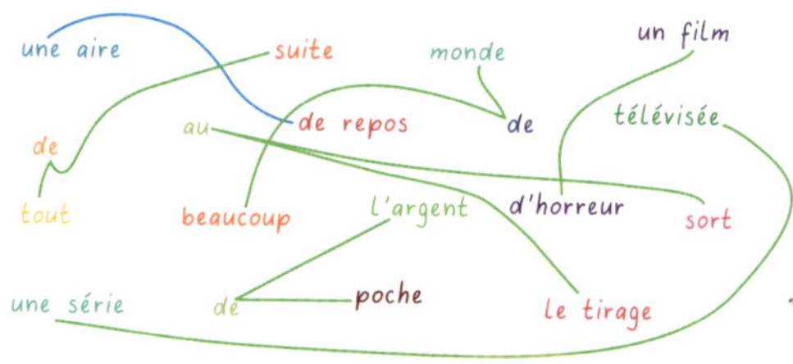

une aire de repos, tout de suite, le tirage au sort, beaucoup de monde, un film d'horreur, une série télévisée, l'argent de poche

Adjektive
Wortschatz

© PONS GmbH 2021 – Découvertes 2